Woodstock war gestern, jetzt wird gerockt ...

... am Brunnen vor dem Tore.

IMPRESSUM

© 2013, Ursula Sabrowski

Covergestaltung, Layout und Satz: Lutz Kupferschläger

Herstellung: Books on Demand GmbH, Norderstedt

ISBN 978 3 732 29127 4

Ursula Sabrowski

Gedankentanz im Rollator-Takt

Was wird eigentlich aus meinen Goldzähnen, wenn ich tot bin? Die haben ein Vermögen gekostet! Im Krematorium wird die Asche vor der Urnenbefüllung angeblich nach Edelmetallen abgesucht. Kein Wunder, dass die Bestatter sich eine goldene Nase verdienen, diese Goldgräber.

Eigentlich könnte ich doch mein Herz als Organspende freigeben zum Weiterleben für einen anderen Menschen. Muss ich mal drüber nachdenken. Hm, die Vorstellung, dass mein Herz mich überleben könnte, das hat was. Macht mich richtig fröhlich.

Hier im Altersheim habe ich viel Zeit zum Grübeln über Gott und die Welt, kann meine Gedanken tanzen lassen über das Leben im allgemeinen und meins im besonderen. Solange die Demenz vorerst nur hin und wieder ganz harmlos ihre Krallen nach mir ausstreckt, will ich versuchen, meine Gedanken niederzuschreiben, so spontan wie sie mir gerade in den Sinn kommen. Aber ich spüre täglich, wie die Vergesslichkeit sich meiner bemächtigt, mich bedrängt, mir Sand ins Getriebe streut, mich aus der Bahn werfen will. Ich wehre mich mit allen Kräften dagegen und versuche, die dementiellen Symptome auszutricksen, verweise sie in ihre Schranken mit Hilfe von Kreuzworträtseln, Sudokus, Zeitung lesen, Gymnastik, Gehirnjogging und neugierig bleiben. Und, meine geliebten Kinder, Enkel und Urenkel, ich hoffe, dass ich auch als fortgeschrittenes „Alzheimerle" noch genug Selbstwertgefühl werde aufbringen können, um euer peinlich berührtes Lachen über den Unfug, den ich von mir geben und anstellen werde, gelassen zu ertragen und vielleicht sogar mitzulachen. Falls mir dann noch nach Lachen zumute ist. Ihr könnt ruhig über meine Macken lachen. Eines Tages werden dann eure Kinder über eure Torheiten lachen. Und dann könnt ihr euch glücklich schätzen, wenn sie nur darüber lachen und es nicht darauf anlegen, euch die Flausen auszutreiben.

Jetzt lebe ich schon seit vier Monaten hier im Altersheim sozusagen auf Abruf von dem da oben. Inzwischen habe ich mich drein gefunden, dass das hier die letzte Station meines Lebens sein wird. Das war ein ganz schöner Brocken Überzeugungsarbeit von meinen Kindern, mir zu verklickern, dass ich im Heim am besten aufgehoben sei. Diese ganzen Verrenkungen, die die Kinder machen müssen, um uns Alten schonend den Altersruhesitz schmackhaft zu machen. Nur blöd, dass man da nicht mehr lebend rauskommt. Die Pflegerinnen gehen freundlich und geduldig mit uns nervigen Greisen um, einige sogar richtig liebevoll. Aber dafür werden sie schließlich bezahlt, fürs Nettsein zu ihrer Kundschaft. Das ist der Deal: Geld gegen Streicheleinheiten.

In unserem kleinen, begrenzten Kosmos kennen sich die Betreuerinnen aus mit Demenz und Altersstarrsinn, mit Bekleckern und Einpinkeln, Aufsässigkeit und Verzweiflung. Und ich frage mich, wie diese guten Seelen diesen stressigen Job bloß aushalten tagein, tagaus acht Stunden lang. Mit sechs Stunden pro Schicht hätten sie ihr Gehalt wahrlich auch rechtschaffen verdient, und der Altenpflegeberuf wäre vielleicht etwas attraktiver. An manchen Tagen würden sie vermutlich am liebsten so richtig Tacheles mit uns reden. Zum Beispiel: „Frau Dingsbums, Sie nerven heute wieder mal ganz fürchterlich mit Ihrem widerborstigen Verhalten. Nun halten Sie endlich mal die Füße still, damit ich Ihnen die Kompressionsstrümpfe anziehen kann, verdammt noch mal! Still halten! Na bitte, geht doch!"

Aber dürfen sie nicht! Sie sollen geduldig und liebevoll mit uns umgehen.

Ach, ihr geplagten guten Geister, die ihr täglich um uns rumspringt, ihr vielen Pflegerinnen und wenigen Pfleger, ihr Küchenfeen und Reinigungsladies, ihr Sozialtherapeuten, Bastel-, Singe- und Gymnastiktanten und all ihr uneigennützigen Ehrenamtlerinnen danke für eure Geduld mit unserem Rumgekasper.

Viele der Pflegerinnen stammen aus Polen, Tschechien, Russland, der Türkei und aus Marokko. Die dementen Bewohner, die schon Mühe haben, ein gepflegtes Hochdeutsch kognitiv zu begreifen, sind mit dem Akzent-Deutsch manchmal überfordert. So bleibt es nicht aus, dass ihre Fähigkeit sich zu artikulieren, rapide abnimmt und ganz verkümmert. Frau Dingsbums (ich kann mir nur noch schwer Namen merken und denke mir daher Fantasie-Namen für meine Mitbewohner aus) kann sich nicht mehr verbal ausdrücken, aber versteht anscheinend alles, wenn man langsam und deutlich mit ihr spricht. Dann lacht sie bei einem Witz sogar an der richtigen Stelle.

Wir genießen es, wenn man ein Schwätzchen mit uns hält über ganz alltägliche Belanglosigkeiten, zum Beispiel, wann es wieder Kohlrouladen gibt, wann die Gartenstühle rausgestellt werden, dass der Therapiehund unserer Ehrenamtlerin im Wald abgehauen ist, welche Streiche die Enkelkinder ausgeheckt haben, und übers Wetter sowieso. Aber am liebsten möchten wir aus unserem Leben erzählen, von unserer Kindheit, da ist gedächtnismäßig noch so viel abrufbar, von unseren Eltern, den verstorbenen Ehepartnern, den Kriegserlebnissen, den beruflichen Erfolgen, den durchlittenen Erkrankungen.

Aber egal ob psychisch oder physisch malade, wir alle haben uns ein feines Gespür dafür bewahrt, wer liebevoll mit uns umgeht, ganz egal, welche Sprache er spricht. Auch diejenigen mit Wortfindungsstörungen lachen und reagieren durchaus adäquat auf Ansprache, hören können viele von uns noch recht gut.

Wir alten Menschen sind stolz auf das, was wir in unserem langen Leben er- und überlebt haben. Davon können wir nicht oft genug berichten. Doch was man zu sagen hat, ist nicht mehr gefragt. Die unzähligen Geschichten, die ich erzählen könnte, will keines meiner Kinder mehr hören. Wahrscheinlich habe ich sie ihnen schon zu oft widergekäut. Die Jugend tickt anders, lebt im Hier und Jetzt, und wir Alten leben auf beim Erinnern an längst vergangene Heldentaten, unsere aktive Zeit.

Heute gab´s am Frühstückstisch mal wieder Krakeele von Madame Zankapfel (Pseudonym; mit dem Aussehen und Gebaren baue ich mir Eselsbrücken zu der jeweiligen Person). Madame Z. monierte lang und breit, warum ihre zwei Frühstücksbrötchen nicht alle beide aufgeschnitten würden, sondern nur eines. Gisela vom Frühstücksdienst, ein Gemütsmensch wie aus dem Bilderbuch, erklärte ihr geduldig: „Vielleicht wollen Sie heute ja nur eins davon essen, wie gestern. Aber ich schneide Ihnen gern auch noch das zweite auf."

Sie hat´s natürlich nicht gegessen. Ob Madame Z. in ihrem früheren Leben auch schon so eine Grantlerin war? Oder ist sie erst im Alter dazu mutiert? Es heißt ja, alle Macken würden im Alter schlimmer. Oje, meine armen Kinder, macht euch auf was gefasst! Wenn der Verstand nicht mehr korrigierend in unser Verhalten und Benehmen eingreifen kann, dann kommt wahrscheinlich der wahre Charakter zum Vorschein. Die einen werden ängstlich, die anderen zickig oder dreist und aufsässig. Wieder andere geizig und depressiv. Ich hoffe, mein Humor schafft es, die Oberhand zu behalten. Ich will mich nicht von meiner Gebrechlichkeit und Hilflosigkeit einschüchtern lassen. Dagegen will ich ankämpfen, auch wenn mich oftmals der Mut verlässt, besonders an trüben Regentagen, wenn alle am Tisch mit offenem Mund und geschlossenen Augen vor sich hindösen. Will mir immer wieder Mut machen, mich was zu trauen. Kürzlich berichtete mir meine jüngste Schwester, das verrückte Huhn, dass sie sich mit neunundsiebzig Jahren einen Lebenstraum erfüllt und sich ein Cabrio gekauft habe. Dann kann ich doch auch noch einen Traum wahr machen und mir die Haare wachsen lassen bis auf den Po. Falls meine Lebenszeit es zulässt. Egal, ich will es angehen. Oma wird zur Loreley, juchhei!

Letzte Woche ist Frau Berner gestorben. Sie war siebenundneunzig, hatte keine Zähne mehr, schmatzte entsetzlich beim Essen, aber geistig war sie noch recht fit. Die Tochter sagte, der Tod sei eine Erlösung gewesen. Sicher auch für die Tochter. Ich war auf der Beerdigung. Riesengroßes Geleit zur letzten Ruhestätte. Kinder, Enkel, Verwandte, Nachbarn, Freunde, alles was halbwegs krauchen konnte, war mit von der Partie. Seltsam, als sie noch lebte, wurde ihr diese Ehre recht selten zuteil. Besuch bekam sie nur am Muttertag, an Weihnachten, Ostern und am Geburtstag. Wo waren sie alle, als sie noch quicklebendig war? Und jetzt kommen sie herbeigeströmt aus allen Himmelsrichtungen. Pach, das kann ihr jetzt so was von egal sein!

In der Zeitung dann eine sehr imposante Todesanzeige für die innig geliebte, herzensgute Mutter, Oma und Uroma. Und dann die Krönung: Bis wir uns dereinst wiedersehen, liebes Mütterlein! Das liebe Mütterlein hätte sie bestimmt alle lieber mal öfters gesehen, als sie noch lebte. Glauben die wirklich, dass man Tote irgendwann wiedersieht? Außer vielleicht im Traum. Ein Leben nach dem Tod? Schön wär`s.

Es sei eine würdige Beerdigung gewesen, sagte die Tochter. In Würde gelebt zu haben, wäre mir wichtiger.

Meine lieben Kinder, das ganze Brimborium mit der Bestattung könnt ihr euch nach meinem Ableben sparen. Ihr und wir haben uns gegenseitig, selbst in schwierigen Zeiten, stets in Würde leben lassen. Das ist`s was letztendlich zählt. Wenn ich tot bin, merke ich´s ja eh nicht mehr. Hoffe ich. Oder doch? Keiner weiß es letzten Endes, was eine tote Seele noch mitbekommt oder auch nicht. Mit der Würde ist es sowieso nicht mehr weit her, wenn man erst mal das Stadium erreicht hat, dass man sich in die Hose kackt, das Klo nicht mehr findet, zu jeder Mahlzeit ein großes Lätzchen umgebunden bekommt, weil man sich ständig bekleckert und den Kartoffelbrei mit den Fingern isst.

Ob er wirklich stattfindet der angebliche Schnelldurchlauf des Lebensfilms kurz bevor der Vorhang fällt? Wie wichtig erscheint einem auf dem Totenbett dieses und jenes Erlebte? Wie vieles macht dann gar keinen Sinn? Wie vieles hätte man sich ersparen können? Wie viele Verletzungen haben wir bewusst oder unbewusst anderen zugefügt und nicht den Schneid gehabt, zu sagen: „Es tut mir leid, wenn ich dich verletzt habe. Bitte nimm meine Entschuldigung an." Vielleicht kommt es ja auf die gute Balance zwischen Lieben und Verletzen an. Wo viel Liebe, da viel Leid. Aber die Liebe sollte immer das Schwergewicht bleiben. Ich will mal anfangen, meinen Lebensfilm abzuspulen, und vielleicht kann ich herausfinden, wer noch auf eine Entschuldigung von mir wartet. Morgen könnte ich ja schon tot sein, oder im Vergessen versandet oder total von der Rolle. Ach komm, ich habe bestimmt auch viel Gutes in meinem Leben bewirkt, da muss ich nicht zu hart mit mir ins Gericht gehen und darf im Alter auch mal rumzicken und mein eigenes Leid den Jüngeren vor die Füße kippen. Darüber muss ich keine Rechenschaft mehr ablegen. Ergo das Altsein hat auch einige, wenn auch wenige, tröstliche Seiten. Wir Alten können ungestraft sagen, was wir wollen, wir haben Narrenfreiheit hier auf unserem Narrenschiff.

Am Montag hatten wir drei Neuzugänge: Ein sehr nettes Ehepaar, sie haben beide ein nebeneinander liegendes Einzelzimmer bezogen. Er wirkt bedeutend älter als seine Frau, aber den Geräuschen nach scheinen sie noch Sex zu haben. Dachte ich. Die dicke Bertha (Pseudonym) vom Zimmer daneben hat mich allerdings aufgeklärt. Sei kein Sex, nur Atemnot und Rülpsen. Woher weiß die Bertha das?

Ein weiteres Ehepaar von der dritten Etage ist auch neu eingezogen. Aber die keifen sich ständig an, haben an allem was zu meckern, wirken verbiestert und verbittert. Vielleicht ist das ja für sie ein Ventil, die eigene Trauer über den Verlust des eigenständigen Lebens zu verkraften. Manchen hilft meckern, manchen weinen. Mist ist es so oder so.

Der dritte Neuzugang ist mein ehemaliger Vermieter, der überall und jeden mit seiner Angeberei nervt, dass er sechs prächtige Mietshäuser besitze. Sein Lieblingssatz ist: "Ich bin der Eigentümer". Ein Halsabschneider ist er (auf Neudeutsch: geldgierige Heuschrecke), der seine Mieter aus ihren Wohnungen gemobbt hat, um danach die Miete für die nächsten Mieter drastisch zu erhöhen. Und ein kleinkarierter Wichtigtuer ist er obendrein.

Hah, jetzt delektiere ich mich genüsslich an meiner Schadenfreude über seinen Schlaganfall, der ihn zu einem Pflegefall gemacht hat. Seine Gattin schob ihn heute Morgen in seinem Rollbett durch den Garten. Sie schaute recht missmutig drein, muss sie doch nun fürchten, dass ihr Erbe von seiner vermutlich jahrelangen Pflege aufgefressen wird. Denn diese wird ein Vermögen kosten. Sein Vermögen, das er seinen Mietern mit unredlichen Betriebskostenabrechnungen auf hinterhältige Weise abgezockt hat. Jetzt bekommt er seine Abrechnung.

Sorry, ich kann nicht anders, als mich darüber zu freuen. Und mit mir ganz sicher noch etliche ehemalige Opfer seiner Abzocke. Das bleibt nicht aus, wenn man jahrelang abkassiert und zu gerichtlichen Auseinandersetzungen gezwungen wurde. Dann kann selbst ein gutherziger Mensch, der ich von mir behaupte zu sein, nur noch frohlocken und fröhlich lachend an ihm vorbei marschieren. Meinen Rollator habe ich bei diesem Überholmanöver absichtlich nicht mitgenommen. All seine Gier nützt ihm nun nichts mehr. Er ist hilflos wie ein Kind, und ich freue mich darüber, ich Schwein. Äh, stopp! Schwein? Er war das Schwein, das mich zum Schwein gemacht hat. So einfach ist das.

Und jetzt lamentiert er hier den ganzen Tag herum, tyrannisiert die Pflegekräfte, ist und bleibt ein Kotzbrocken. Und dementsprechend wird er auch von den Pflegerinnen betreut. Er weiß ja nicht, dass die Enkelin von einem seiner gemobbten Mieter hier seine Betreuerin ist. Sollte sie sich ein Bein ausreißen für ihn? Sie arbeite nach Vorschrift, sagt sie. Hahaha!

Frau Luna (Pseudonym) hat heute wieder Nachthemd-Tag. Dann läuft sie tanzend im Nachthemd über die Flure, vorzugsweise zur nachmittäglichen Kaffeestunde, und zieht sich Strümpfe und Schuhe aus. O Graus! Hoffentlich nicht noch mehr. Angeblich habe man sie kürzlich nur mit Schlüpfer bekleidet im Fernsehraum erwischt.

Zwei Kaffeetanten haben sich fürchterlich darüber aufgeregt. „Das ist doch untragbar! Was für einen Eindruck müssen Besucher von diesem Heim bekommen, wenn hier Halbnackerte rumgeistern!" Die Empörung war grenzenlos und nachmittagfüllend.

Unsere Bastel-, Sing- und Musik-Therapeutin versuchte zu besänftigen: „Das ist nichts Ungewöhnliches in einem Haus mit Demenzkranken."

Diejenigen, die noch nicht das traurige Stadium der fortgeschrittenen Demenz (halt mal, wieso eigentlich traurig? Frau Luna wirkt bei ihren Striptease-Tänzchen ganz und gar nicht traurig, eher fröhlich-weltentrückt) erreicht haben, sind oft die eifrigsten Beschwerdeführer bei Entgleisungen anderer Bewohner, dankbar, selbst nicht so verschroben zu sein, und stürzen sich mit Hingabe auf die Macken der anderen. Dann vergessen sie ihre eigenen. Selbst im Greisenalter wird die aller Orten praktizierte Hackordnung weiter zelebriert. Dabei wollen wir doch alle nur das eine: geliebt und geachtet werden mit all unseren Schrullen. Respekt ist gut und schön, aber Liebe ist noch eine ganz andere Dimension. Lieben lernen ist (leider) kein Ausbildungsberuf, sondern ein Befüllen des Herzens bis das Herz so satt ist, dass sich der Verstand ganz ungeniert davon bedienen kann. Das habe ich jetzt aber schön formuliert.

So wird sich das wohl auch mit diesem famosen Jesuskind und seinen göttlich-herzensguten Eltern zugetragen haben. Wahrscheinlich haben wir Menschenkinder alle das Zeug zum Göttlichsein, wenn man uns bloß ließe und uns die richtige *Nahrung* in der Kindheit verabreichte!

Da fällt mir mein Konfirmationsspruch ein: „Gott ist Liebe, und wer in der Liebe bleibt, der bleibt in Gott und Gott in ihm." 1. Johannes-Evangelium, Kapitel 4, Vers 16. Ja, sapperlot! Oma ist bibelfest, gell?

Ich stelle mir vor, was Gott – wenn es ihn denn tatsächlich gibt – wohl sagen würde, wenn er auf seine Erdenkinder nieder schaute, die er angeblich einmal mit viel Liebe geschaffen hat, und wie entsetzt er wäre über das, was diese Menschen, die doch mal als sein Abbild geplant waren, auf ihrem schönen Planeten angerichtet haben. Kriege, Machtkämpfe, Unterdrückung, Brutalität, Ausbeutung von Mensch und Natur.

Gott schaute gen Rom und rieb sich verwundert die Augen. Da kasperten so viele betuliche alte Männer herum, und einer von ihnen behauptete, er sei sein Stellvertreter hier auf Erden! Aber wieso durften keine Frauen in dieser Altherrenriege mitmischen? Fürchten die sich vor den Frauen?, fragte sich Gott. Wie oft muss ich denen denn noch das Zauberwort Gleich-be-rech-ti-gung verkündigen? Rafft euch endlich mal auf, ihr Erdenwürmer, und bringt gemeinsam frischen Wind in eure verstaubten Rituale!

Gott war in Sorge über all seine Schäfchen. So viele von ihnen hatten schon so oft in seinem Namen Gewalt und Hass über die Welt gebracht. Schließlich wurde er richtig wütend über diese seine Pappenheimer: „Missbraucht mich nicht für eure eigenen Dummheiten, eure Kriege, eure Rachegelüste! Werdet endlich erleuchtet im Sinne des Himmels nach all den Tausenden von Jahren, in denen ihr nun schon meine Botschaft predigt und dennoch so viele von euch meine Ziele schändlich missinterpretiert haben, mir einen Sohn angedichtet und ihn dann elendig gefoltert und getötet haben. Ihr Kleingläubigen, glaubt ihr wirklich, ich würde dies meinem einzigen Sohn antun lassen? Und wer kam nur auf diese perverse Idee mit dem Zölibat? Ihr engstirnigen Moralapostel, ich habe euch doch nicht mit einem Sextrieb beglückt, damit ihr ihn euch durch die Rippen schwitzt. Tut euch zusammen mit den Evastöchtern und setzt euch gemeinsam ein für ein friedliches Miteinander, für Gewaltlosigkeit,

Gerechtigkeit, Hilfsbereitschaft und Toleranz. Es wird Zeit, dass ihr das Ruder selbst in die Hand nehmt, ich will mich endlich mal zur Ruhe setzen, allmählich solltet ihr doch kapiert haben, was ihr braucht für euer Seelenheil. Ich verkündige es seit zweitausend Jahren: Alle Menschen wollen geliebt werden, alle Menschen wollen sich frei entfalten dürfen, niemand will gedemütigt werden! Und eine Hölle gibt es nur in euren Köpfen! In eurer Bibel schreibt ihr, ich hätte in sieben Tagen die Welt erschaffen. Ja, Pustekuchen! Jahrtausende habe ich für diese Mammutaufgabe gebraucht. Die wunderbare Natur habe ich euch anvertraut, und viel zu viele Deppen unter euch machen sie systematisch kaputt. Klopft ihnen auf die Pfoten, stellt sie an den Pranger! Und das ist nicht unchristlich, sondern vernünftig!

Und noch was zu eurer Bibel. Da schreibt ihr: „Und Gott schaute auf sein Werk und sah, dass es gut war." Nix ist gut, solange Kinder verhungern und missbraucht werden, solange Menschen ausgebeutet werden, in Kriegen grässlich verstümmelt und wieder mühselig zusammengeflickt werden, an ihren Schmerzen verzweifeln und ihrem Leid zerbrechen. Und für die Waisen wird gesammelt. Wie bekloppt seid ihr eigentlich? Und kommt mir jetzt nicht mit dem Geschwafel, das sei Gottes Wille! Das ist einzig und allein euer Werk!

Letzte Anweisung: Liebt und wertschätzt eure Kinder, sie sind das Urgestein, aus dem eine gütige, frohe Welt entsteht, eine Welt ohne Hass und Gier, mit Zuwendung, Hilfsbereitschaft, Lebensraum und Nahrung für alle! So, ich hoffe, ihr kriegt das endlich mal hin. Und solltet ihr den Karren dennoch in den Dreck fahren, dann beruft euch nicht auf mich! Ihr seid die Akteure und sonst niemand!"

So also sprach Gott heute zu seinem Glaubensvolk. Mit meiner Stimme.

*L*etzte Woche bin ich von meinen Mitbewohnern und Mitbewohnerinnen als Mitglied in den Heimbeirat gewählt worden. Frau STD (Sozialtherapeutischer Dienst) hatte mich gefragt, ob ich mich zur Wahl stellen würde. Sie erklärte mir, dass einmal pro Monat ein Treffen des Heimbeirates mit der Heimleitung sowie mit der Pflegedienst- und Hauswirtschaftsleitung stattfände, um Wünsche und Beschwerden der Bewohner aufzugreifen und Verbesserungsvorschläge zu diskutieren. Somit vertrete ich jetzt die Interessen meiner Mitschwestern und -brüder.

Bin gespannt auf die erste Sitzung. Und ein bisschen aufgeregt, was da von mir erwartet wird. Bin gleich mit meinem Rollator zum Schreibwarengeschäft nebenan getrabt und habe mir einen Notizblock besorgt. Dabei traf ich zufällig eine frühere Nachbarin. Sie fragte, ob es nicht schrecklich sei, ins Heim abgeschoben zu werden, und berichtete genüsslich die abenteuerlichsten Schauermärchen von überfordertem und bösartigem Pflegepersonal. Als sie ihre Großmutter im Heim besucht habe, sei diese an einem Stuhl festgebunden und bis unter die Arme eingenässt gewesen. Wenn man sich beschwerte, hätten die Betreuer es dann an den Heimbewohnern ausgelassen.

Auf meine Frage, wann und wo sich denn diese unsäglichen Zustände mit der alten Dame ereignet hätten, antwortete sie: „Ach, das ist noch gar nicht so lange her. Das muss so in den siebziger Jahren gewesen sein in einer Kleinstadt in Süddeutschland."

Ach sooo! In der Zeit kurz nach dem Mittelalter. Diese Gruselstories tragen natürlich fabelhaft dazu bei, die Ängste vor der Heimunterbringung zu schüren.

Als frisch gekürtes Heimbeiratsmitglied spielte ich sogleich mein nagelneues Wissen aus über die Funktion einer Ombudsmann-Delegation, die regelmäßig die Heime kontrolliert, die Bewohner befragt und sich vergewissert, dass keine unhaltbaren Zustände bestehen, und ich schwadronierte fachkundig über das WTG, das Wohn- und Teilhabegesetz. Gern hätte ich sie auch noch mit dem entsprechenden WBVG-Paragraphen beeindruckt, aber der fiel mir dann leider auf die Schnelle nicht ein.

Ich lud sie ein, mich mal zu besuchen. „Ich habe ein sehr schönes Zimmer mit Blick in den Garten auf viele alte Bäume und einen kleinen Springbrunnen. Habe auch einen Teil meiner Möbel mitgenommen, so dass es fast so gemütlich ist, wie früher in meinem Wohnzimmer. Mein Sohn hat mir einen neuen Flachbildschirm-Fernseher geschenkt, meine Grünpflanzen konnte ich auch alle im Zimmer unterbringen. Klar war es eine große Umstellung, die eigene Wohnung aufzugeben, aber ich bin ja noch rüstig genug, selbstständig mit meinem Rollator durch die Stadt zu gurken, habe die Geschäfte jetzt alle in der Nähe und bin dadurch viel öfter unterwegs als früher. Und ich sag mir immer, im schlechtesten Heim ist es immer noch gemütlicher als auf dem Friedhof."

Nachdem ich meine Lebenslage so positiv beschrieben hatte, erschien sie mir selbst auch gleich viel positiver, und ich ließ die Nachbarin leicht irritiert zurück, hatte sie mich doch aus Herzensgrund bemitleiden wollen. Ich ging beschwingt wie schon lange nicht mehr zurück in mein kuscheliges Heim.

Doch das Ungemach ließ nicht lange auf sich warten. Bereits im Aufzug hörte ich ein fürchterliches Geschrei. Frau Grünzink (Pseudonym) randalierte, schrie und tobte, sie wolle weg von hier, die Haustür müsse aufgeschlossen werden, sie wolle dabei sein, wenn ihre Möbel in ihr Zimmer gebracht würden, alles stünde draußen auf der Straße, es würde alles geklaut.

Ich wollte mir mein Positiv-Gefühl nicht gleich wieder kaputtmachen lassen und schlich mich mit meinem Rollator mit WC-Speed (das ist Höchstgeschwindigkeit, um das Klo zu erreichen) in mein Zimmer.

Beim Mittagessen empörten sich die Tischnachbarn über das rücksichtslose Verhalten der Neuen. Keiner hatte das Einsehen, dass die erzürnte Dame womöglich krank, todunglücklich oder verwirrt sein könnte. Die beiden schlimmsten Lästermäuler kannten keine Gnade, die Neue störte ihre Kreise und Ruhe. Ein schwarzes Schaf zu schlachten, lenkt vermutlich von den eigenen Unzulänglichkeiten ab.

„Der Altersstarrsinn ist durch ihre Demenz verursacht", wagte ich einzuwenden. Es ging unter in dem erneuten Geschrei aus Frau Grünzinks Zimmer: „Lassen Sie mich sofort los, eine Unverschämtheit! Ich will sooofort hier weg!"

Zum Mittagessen gab es Rouladen mit Rotkohl und Klößen, es schmeckte vorzüglich, wie früher bei meiner Mutter. Alle am Tisch schmatzten genüsslich voller Wohlbehagen vor sich hin. Bis auf die Grünzink, die lamentierte, der Fraß sei nicht geniessbar und klatschte mit dem Dessertlöffel auf den Teller, dass die Soße bis auf meinen Pullover spritzte. Mein stets hochgehaltenes Verständnis für Altersnarreteien schrumpfte auf ein Minimum zusammen. Ich riss ihr den Löffel aus der Hand und betete innerlich: Oh Herr, lass Geduld und Nächstenliebe auf mich herabregnen, jetzt gleich und ganz viel, sonst halte ich diese verquere Trulla nicht aus.

Die Grünzink ging auf mich los: „Du blöde Ziege! Ich hau dir eins in die Fresse!"

Die Pflegerin ging dazwischen, bugsierte die aufgebrachte und um sich schlagende Frau in ihr Zimmer. Mir war der Appetit auf mein Leibgericht gründlich vergangen. An solchen Chaostagen wünsche ich mir, ich wäre schon so dement, dass ich von dem Affentheater, das hier hin und wieder abgeht, nichts mehr mitbekäme.

Später kam meine Lieblingsbetreuerin, Frau Lachmann (kein Pseudonym, aber: nomen est omen) in mein Zimmer, um mich zu besänftigen und erklärte mir, es sei die neurologische Erkrankung, die die arme Frau so ausrasten lasse. Ich gab mir Mühe, das zu akzeptieren, aber es fiel mir schwer, derartig ausfallende Äußerungen nicht persönlich zu nehmen, sondern als Krankheitssymptome zu tolerieren. Ich versuchte, Frau Lachmann meine Sicht der Dinge zu erklären: „Wir Alten sind selbst krank und können ganz schlecht mit dem bizarren Verhalten unserer Mitbewohner umgehen. Wir nehmen alles persönlich, haben seelisch eine sehr dünne Haut und reagieren schnell gekränkt mit Unverständnis und Gegenwehr. Manche fühlen sich sogar bedroht von dem befremdlichen Verhalten."

Frau Lachmann lobte mich für meine edle Selbsterkenntnis und sprach mir gut zu: „Ich weiß, wir können Ihnen Ihr Alt- und Gebrechlichsein nicht abnehmen, aber wir bemühen uns täglich, es Ihnen so erträglich wie möglich zu machen. In unserem hektischen Tagesablauf ist es nicht immer möglich, auf sämtliche Beschwerden einzugehen. Aber wir tun unser Bestes."

„Das weiß ich doch, liebe Frau Lachmann. Und ich weiß auch, dass viel Ihrer Zuwendung rein beruflicher Natur ist, aber sie tut uns gut. Und ich kann durchaus verstehen, dass Sie oft genervt sind von dem Rumgekasper und der Bockigkeit der alten Leute. Aber glauben Sie mir, auch uns macht es keinen Spaß, uns zu bekleckern, nichts mehr alleine zustande zu bringen, körperlich und geistig zu versanden. Trotzdem bekommen wir emotional noch eine ganze Menge mit, können eure Stimmungen rausfiltern, eure Mimik lesen und an manchen hektischen Tagen eure abrupten, ungeduldigen Handgriffe registrieren. Ich kann mir vorstellen, wie sehr wir euch Pflegerinnen auf den Geist gehen mit unseren ewig gleichen Floskeln, mit dem Genörgel über das Essen, dem endlosen Gelaber über unsere Vergangenheit, dem Gezeter über die in der Wäscherei unauffindbaren Büstenhalter."

In Gedanken fügte ich hinzu: Und ihr geht mir auf den Geist mit euren ständigen Ermahnungen: Trinken, Frau Schnellwitz! Sie müssen mehr trinken! Komm, Mathildchen, trink aus!

Ich will aber nicht dauernd trinken, weil ich keinen Durst habe. Da können die zehnmal Mathildchen zu mir sagen, das macht die Plörre auch nicht genießbarer!

Ihre ehrliche Antwort würde sich vermutlich so anhören: Du bockige Alte, sieh zu, dass du endlich die Tasse leer schlürfst, ich hab noch mehr zu tun, als dir beim Trinken zu assistieren!

Ach komm, was soll´s, Schwamm drüber.

Frau Lachmann legte mir eine Decke über die Beine und streichelte mir über die Hand, und mich überkam eine große Dankbarkeit. Ich hielt ihre Hand fest und sagte: „Ach, wissen Sie, ich will euch Pflegerinnen nicht unnötig das Leben schwer machen. Sie haben es schon schwer genug mit uns, auch wenn wir das nicht immer einsehen. Lasst und Freunde sein, ich will es versuchen, jedenfalls heute, es ist so ein schöner Sommertag."

„Darum machen wir auch heute unsere Kaffeestunde auf der Terrasse. Ist das ein Angebot?," sagte Frau Lachmann und eilte davon.

Ich bettete meine alten Knochen hin und her bis es halbwegs bequem war für meine künstlichen Hüftgelenke und wartete bis endlich Kaffeezeit war. Wir warten eigentlich immer, aufs Frühstück, aufs Mittagessen, auf die Fusspflegerin, auf die Singstunde am Mittwoch, bis endlich jemand zu Besuch kommt. Warten, warten, warten bis dass der Tod kommt. Als Kinder konnten wir es nicht erwarten, bis endlich Weihnachten war, bis wir Geburtstag hatten, bis endlich Sommerferien waren. Später dann warteten unzählige Frauen meiner Generation jahrelang auf die Rückkehr ihrer Männer aus der Kriegsgefangenschaft. Viele vergeblich. Frau Dingsbums wartet jeden Sonntag auf ihren Sohn. Am Samstagabend fängt sie schon an mit dem Warten. Wenn er dann endlich kommt, dreht er drei Runden mit ihr im Garten und nach einer Dreiviertelstunde verabschiedet er sich, und sie wartet wieder bis zum nächsten Sonntag auf die wichtigsten fünfundvierzig Minuten ihrer Woche.

Das ganze Gerede vom süßen Nichtstun. Ich wünschte, ich könnte noch mal berufstätig sein oder sonst irgendwie gebraucht werden. Keine Aufgaben und Pflichten mehr, die einem Zufriedenheit und Verantwortung vermitteln. Die Langeweile verführt mich zu oft, nur vor dem Fernseher zu hocken und mich mit jedem Blödsinn berieseln zu lassen. Ich muss mehr für meine geistige Beweglichkeit tun. Vielleicht sollte ich Schachspielen lernen. Herr Pokerface (Pseudonym) sucht immer einen Partner.

Meine Tochter erzählte mir, eine demenzkranke Nachbarin sei von ihrem Sohn in einem Altersheim in Tschechien untergebracht worden, das sei nur halb so teuer wie in Deutschland. Die Pflegerinnen dort sprächen kein Wort Deutsch. Warum bringen sie die Nachbarin nicht wenigstens nach England, fragte ich, Englisch sprach sie früher fließend. Aber dort ist es vermutlich auch noch zu teuer.

Lieber Gott, an dich ich eigentlich nicht glaube, bitte gib mir den Mut, mich umzubringen, falls meine Kinder das mit mir vorhaben. Ich will sie ja nicht mit meiner Heimunterbringung arm machen. Aber ich will auch nicht nach Tschechien oder Polen.

Arm sein im Alter ist Mist. Eigentlich ist das immer Mist. Ich hab's in meinem Leben nicht geschafft, Reichtümer anzuhäufen. Vielleicht fehlt mir das Raffgier-Gen. Im Fernsehen beklagte sich in einer Talkshow ein schwerreicher Mann über die unseligen Neiddebatten, die heutzutage geführt würden. Neid sei ein widerlicher, niederer Instinkt.

Hallo? *Gier* ist ein widerlicher niederer Instinkt, mein Herr! Geldgier scheint die neue Weltreligion zu sein. Hah, von wegen wir sollten keine Neiddebatte führen! Oh doch, die will ich führen! Ich bin nämlich neidisch auf all diejenigen, die so viel Geld haben, dass sie es für sich arbeiten lassen können und riesige Summen an Zinsen und Renditen kassieren ohne einen Finger dafür krumm machen zu müssen. Und dann womöglich noch Steuern hinterziehen. Moral hat sich der liebe Gott nach deren Vorstellung anscheinend nur für die kleinen Leute ausgedacht. Wie klein haben diese kleinen Leute eigentlich zu sein? Hah, her mit der Neiddebatte! Ich lass mir nicht einreden, dass Neid etwas Unanständiges sei. Die kleinen Leute sollen sich gefälligst in Bescheidenheit üben und die Klappe halten. Könnte euch so passen, ihr dreisten Abkassierer! Wer hier unanständig ist, das seid ihr! Und da keine Hoffnung besteht, dass ihr das jemals einseht, geschweige denn ändern werdet, werden wir kleinen Leute euch gehörigst in die Parade fahren müssen.

Die Finanzhaie brüsten sich gerne und ausgiebig in Talkshows mit ihren skrupellosen Beschaffungsmethoden. Einer dieser Schlitzohren ließ das Publikum wissen, dass er aus sehr bescheidenen Verhältnissen stamme, vom Stiefvater oft geschlagen und von der Mutter selten bis nie gelobt worden sei. Dann habe er begonnen, andere abzuzocken, er habe *easy* etliche Millionen gemacht, auch mit zwielichtigen Geschäften. Und nun, da er sich zum Millionär hochgearbeitet habe (hochgetrickst wäre treffender), stelle er fest, dass da noch etwas fehle auf der menschlichen Schiene, etwas, das wirklich glücklich und zufrieden macht.

Ach Gott, mir kommen die Tränen! Jetzt wollen sie auf einmal geliebt werden, wollen sich öffentlich rechtfertigen für ihre Schlitzohrigkeit. Geläutert sind sie gewiss nicht. Ihre Sucht ist Geld und Besitz. Ersatz für emotionale Armut? Warum zieren sich reiche Menschen eigentlich immer so sehr, zuzugeben wie groß ihr Vermögen ist, wie unverschämt viel sie verdienen? Ist es ihnen peinlich? Ach so, über Geld spricht man nicht.

Warum brauchen diese Menschen eigentlich solche Unmengen an Geld? Brauchen sie es für Ihr Selbstwertgefühl, oder um sich anderen, Ärmeren, überlegen zu fühlen? Männer kokettieren ja gern mit ihren Kreditkarten, Frauen mit ihrer Schönheit. Vielleicht ist es ja tatsächlich so simpel: Geld macht den Frosch zum Prinzen. Könnte nicht auch etwas Ideelles den Frosch in den Adelsstand erheben? Vielleicht ein frohes Gemüt gepaart mit Humor? Oder Intelligenz, Intellekt, Großzügigkeit, gutes Aussehen? Hm, aber damit kann man dann freilich keinen Diamant-Ring für die Lady kaufen. Da bleibt nur eine Lösung: Es hängt mal wieder an uns Frauen, die Welt, sprich die Männer, umzupolen. Wir müssen andere Werte einfordern: den moralischen Saubermann, den Gutmenschen, den Liebhaber ohne Besitzdenken, den Weltenretter (aber wie geht das ohne Geld?). Also, ihr Kerle in Nadelstreifen, lernt gefälligst das humanistische Einmaleins, und zwar von der Pike auf, aber subito! Keine Machtkämpfe mehr, nur noch sportlichen Wettkampf, keine Ellenbogen-Knock-Outs, kein Begehren deines Nächsten Weib ... Ach nee, komm, das geht mir jetzt zu weit, da hört ja jeder Spaß auf. Ich passe. Für das richtige Konzept zum Weltretten braucht´s halt den

Fachmann, Quatsch, die Fachfrau natürlich! Vielleicht brauchen wir einfach nur einen modernen Messias, oder besser eine MessiasIn.

Ich komme gerade von einem Besuch aus dem Zimmer meiner Nachbarin. Sie hatte mir Fotos von ihrem jüngsten Urenkel gezeigt. Mir fiel auf, dass es sehr unangenehm bei ihr roch. Ich schloss die Badezimmertür, aber das half nichts. Ich schnupperte unauffällig in sämtliche Zimmerecken, der Gestank kam aus der Kommodenschublade. Ein verstohlener Blick hinein ließ mich würgen, zahlreiche verschimmelte Scheiben Schinken, Käse und Brot lagen neben den Socken. Ich überlegte, wie ich mich verhalten sollte. Der Pflegerin Bescheid sagen? Meine Nachbarin darauf hinweisen? Schließlich entsorgte ich den Schlamassel blitzschnell im Mülleimer, als meine Eichhörnchen-Nachbarin in ihren Fotoalben kramte.

Nach meiner gestrigen Entsorgungsaktion wurde heute bei Eichhörnchen von der Pflegerin das ganze Zimmer nach Essensresten durchsucht. Die Putzfrau hatte den Pflegern vermutlich einen Tipp gegeben. Hätte ich vielleicht auch tun sollen. Aber dann wäre ich wahrscheinlich wieder belehrt worden, dass ich meine Kompetenzen überschreite. Bin erst vorgestern angeraunzt worden, weil ich Frau Witwe Bolte (Pseudonym) mit Pudding gefüttert hatte.

Heute war ein wunderschöner Tag. Wir feierten alle zusammen unser Sommerfest auf der Terrasse und im Garten mit Musik und Tanz, Grillwürstchen und Kartoffelsalat, Eisbombe und jeder Menge Erdbeerbowle, alkoholfrei versteht sich, wegen eventueller Unverträglichkeit mit den diversen Medikamenten. Herr Baron (Pseudonym) freilich ließ unter seinem Tisch bei seinen Spezis ein Fläschchen Magenbitter kreisen mit dem Resultat, dass zwei seiner Kumpane wegen Kreislaufbeschwerden und Schwindel auf ihre Zimmer gekarrt werden mussten.

Unsere Basteltanten und Therapieladies hatten den Garten mit bunten Girlanden geschmückt, die Tische mit Blumen dekoriert, auf der Wiese große Sonnenschirme aufgestellt und eine Akkordeonspielerin bestellt, deren Repertoire von Wiener Walzer über Volksmusik bis hin zu Schlagern der Achtzigerjahre reichte. Das Wetter war so fantastisch wie die Stimmung. Wir tanzten bis uns die Puste weg blieb, und ich hatte ganz vergessen, dass ich alt und im Heim bin. Es war fast so schön wie früher zu Hause an Mutters Geburtstag. Danke euch allen, ihr lieben guten Seelen, für diesen wunderschönen Tag!

Der Alltag hat uns wieder. Eine zickt rum, eine hat gekotzt, einer schreit nach seiner Zeitung, zwei reden wirres Zeug, und ich bin sauer, weil meine Lieblingsbluse total verfärbt aus der Wäscherei zurück kam, und weil ich meine untere Zahnprothese nicht finde. Und dann habe ich auch noch die falsche Wäsche geliefert bekommen. Die Riesen-BHs von Miss Piggy (Pseudonym) und zwei Hosen von einer Magersüchtigen. Warum zum Teufel wird jedes Wäsche- und

Kleidungsstück, selbst jedes noch so klitzekleine Taschentuch, mit Namensschildern versehen, wenn es trotzdem wieder im falschen Zimmer landet? Okay, ich habe ja Verständnis, dass bei den enormen Wäschebergen, die täglich anfallen, mal etwas schief gehen kann. Wir zittrigen Greise bekleckern, bepinkeln und bekacken uns ja auch ganz häufig. Aber ausgerechnet meine schönste Bluse, verdammt noch mal!

Kürzlich hat mir eine meiner Nichten, eine talentierte Nähkünstlerin, etliche bequeme Schlupfhosen und eine schicke Tunika für meine etwas aus der Form geratene Figur (krummer Rücken, Hängebusen und auch der Bauch ..., ach, lassen wir das) maßgeschneidert. Ich hatte ihr mein Leid geklagt, dass ich Mühe habe, mich in meine taillierten Kleider hineinzumanövrieren, eine regelrechte Zerreißprobe für meine zwei edlen Chiffon-Roben, mit denen ich mich früher bei noch vorhandener Konfektionsgrößen-Körperform eitel herausgeputzt habe.

Vielleicht wäre ja die Lösung, dass alle Heiminsassen eine adrette Einheitskleidung verpasst bekommen, je nach Etage in einer anderen Farbe. Jeder bekäme die passende Größe ausgehändigt, natürlich alles aus pflegeleichtem, bügelfreiem Material. Würde viel Kosten und Wäschereiarbeit einsparen. Kein mühsames Sortieren mehr nach Seide, Samt, Wolle, edlem Kaschmir und so weiter. Muss ich mal im Heimbeirat vorschlagen. Frau von Bernstein wird vermutlich vor Empörung aufschreien und mich als Mao-Kommunistin beschimpfen. Sie kleidet sich stets sehr geschmackvoll und abwechslungsreich in klassisch-edlem Stil und hat keine Hemmungen, zum Bastelnachmittag im Cocktailkleid zu erscheinen. Kürzlich erdreistete sie sich, meinen naturbelassenen Loreley-Haarwuchs zu kritisieren. Okay, ich werde mich nicht von ihr runterputzen lassen und einen Kompromiss vorschlagen: An Sonn- und Feiertagen darf jeder seine eigenen Klamotten tragen und sich mit seinen Gold- und Silberklunkern rausputzen. Obendrein hätte ein auf dem Ärmel befestigter Namens-Sticker mit Anschrift des Heimes den Vorteil, dass ausgebüxte Demenzler schnell wieder zurückgebracht werden könnten.

Oh, oh, ich höre in Gedanken schon etliche vor Entsetzen aufheulen und mich niederschreien. Aber man wird sich doch noch mal ein paar abwegige Ideen erlauben dürfen, meine Damen! Das ist ja das Positive am Alter, als leicht verwirrte Greisin darf ich endlich alles auskotzen, was ich mich früher aus Höflichkeitsgründen nie getraut hätte. Ganz egal, wer sich auf den Schlips getreten fühlt. Ich bin ja altersmäßig bereits jenseits von gut und böse. Was gut und böse ist, kann ich aber noch ganz gut unterscheiden.

Insgeheim bewundere ich manchmal Frau Grünschnabel (Pseudonym) mit ihrem unverblümten und oft ätzenden Gerede. Sie ist im ganzen Haus verschrieen wegen ihrer frechen Klappe, sie traut sich, alles und jeden anzugehen. Die gutmütigen Schafe - ich zähle mich auch dazu, bin aber gerade dabei, mein Schafskostüm abzulegen und zu einem bissigen Terrier zu mutieren - , also wir Schafe halten ja alle lieber die Klappe, anstatt uns unbeliebt zu machen und uns die mitunter unwirsche Behandlung der Pflegerinnen zu verbitten, verkneifen es uns lieber, über versalzene Suppe oder wabbliges Toastbrot zu meckern. Ich sehe ja ein, dass die Betreuer keine Heiligen sind und dass ihnen das tagtägliche Gemecker und Gezicke der Nicht-Schafe viel Nervenstärke abverlangt. Da bleibt wahrscheinlich kein anderes Ventil, als sich mit ruppigem Pullover-Anziehen, kräftig zupackendem Abtrocknen oder ungehaltenem Tonfall abzureagieren.

Oh Schreck! Mein Vergessen schreitet zügig voran. Heute fiel mir nicht mehr ein, wie mein Vater mit Vornamen hieß. Das ist beängstigend und bedrückend, und ich muss mich beeilen, alles niederzuschreiben, was mich am Ende des Lebens bewegt, bevor die Denke nicht mehr funktioniert. Meine geliebten Kinder, ihr tut mir leid, was euch da womöglich noch bevorsteht mit eurer dementen Mutter.

Kürzlich sah ich unseren Altbundeskanzler Helmut Schmidt in einer Talkrunde im Fernsehen. Es hat mich beeindruckt, wie er jenseits der Neunzig noch glasklar denken kann, wenn auch mit einer gewissen Verzögerung. Mir fiel auf, dass auch er sehr häufig das Früher bemühte, frühere Vorgehensweisen in der Politik, frühere Handlungsabläufe, frühere Methoden und Systeme, um Antworten für die heutige Zeit zu finden. Aber eine neue Zeit braucht neue Antworten.

Unsere gute alte Zeit. War sie wirklich so gut? Verklären wir sie nur, weil wir jung und aktiv waren? Wir Frauen meiner Generation lebten in unserer Jugend doch alle mehr oder weniger in einem Zwangskorsett aus Vorschriften, was schicklich war für ein weibliches Wesen. Welche Möglichkeiten haben junge Frauen von heute, Gott sei Dank! Sie können heiraten oder auch nicht. Sie können ungestraft in wilder Ehe zusammenleben. Sie entscheiden sich für Kinder oder auch nicht. Sie können einen Beruf ausüben, leben in

Frieden und Wohlstand. Meinen Enkel- und Urenkelkindern werden fast alle materiellen Wünsche erfüllt, da wäre nach meinem Gutdünken manchmal etwas mehr Bescheidenheit und Genügsamkeit ratsam. Die junge Generation darf ungestraft (außer von der katholischen Kirche) schwul oder lesbisch sein, sie können sich ungestraft (außer von der katholischen Kirche) scheiden lassen. Warum um Himmels Willen beißen sich die katholischen Würdenträger so krampfhaft an ihren unzeitgemäßen Moralvorschriften fest? Das wäre in etwa vergleichbar, wenn ich alte Frau meinen Enkeln unter Androhung von Strafe vorschreiben wollte, in wen sie sich gefälligst zu verlieben haben und in wen nicht. Die würden mich nur mitleidig auslachen. Richtig schlimm wird´s dann, wenn Religion die Seele einschüchtert und den Verstand auf Einbahnstraßen dirigiert.

Dennoch wäre es schlecht bestellt um die Welt ohne all die vielen guten Taten von Christenmenschen, Ehrenamtlern und Hilfsorganisationen, die unermüdlich im Einsatz sind für das Wohlergehen anderer Menschen und im festen Glauben, dass ihr Gott es so gewollt hätte. Letzten Endes kommt es doch nur darauf an, welche Werte man lebt, darüber schwafeln ist wenig wirksam. Ich habe in meinem Leben viele Menschen kennen gelernt, die nie an Gott geglaubt und eine Kirche höchstens als Touristenziel angesteuert haben, aber das Gutmenschen-Gen einprogrammiert hatten. Und andere wiederum, die keinen Gottesdienst ausließen, regelmäßig zur Beichte gingen und gleich darauf mit Ausländerfeindlichkeit hausieren gingen, die ihren Kindern Gottesfürchtigkeit einprügelten und Gehässigkeit als Frömmigkeit deklarierten.

Ich glaube, alle Menschen, wo auch immer auf diesem Globus, werden von dem Bedürfnis nach Liebe, Zuneigung, Mitgefühl, Trost, Anerkennung, Herausforderung gelenkt und werden stets danach streben, ein selbstbestimmtes Leben führen, am gesellschaftlichen Wohlstand teilhaben zu können. Arm sein unter Armen ist schlimm, arm sein unter Reichen macht wütend, und als Underdog gedemütigt zu werden, macht radikal. Liebe deinen Nächsten wie dich selbst, ist vielleicht etwas zu hoch gegriffen. Schau nicht auf ihn herab, würde schon helfen.

Herr Dingsbums hat erneut versucht, sich die Pulsadern aufzuschneiden. Er wurde rechtzeitig gefunden und ins Krankenhaus gebracht. Als er zurück kam, sagte er: „Ich versuch's wieder, bis es klappt."

Ich habe mich gefragt, ob ich den Mut hätte, mir das Leben zu nehmen, wenn mich die Altersdepressionen aufzufressen drohen. Meine herzallerliebsten Kinder, Enkel und Urenkel, ihr wärt vielleicht erst mal geschockt, aber gebt's ruhig zu, letzten Endes auch erleichtert, wenn ich euch von der Finanzlast der Heimunterbringung und dem Besuchspflichtgefühl befreien würde. Auch wenn ihr es mir zu verheimlichen versucht, ich weiß, dass mein Erspartes bald aufgebraucht sein wird. Und ich möchte euch nicht auf der Tasche liegen. Schlaftabletten habe ich schon einige gehortet. Hoffentlich kann ich mich im Akutfall dann noch an das Versteck erinnern. Und vielleicht traue ich mich dann letztendlich gar nicht, den letzten Schritt zu tun, bin ein ziemlicher Feigling. Womöglich entdeckt eine ausgebuffte Pflegekraft die gehorteten Tabletten. Ich muss unbedingt eine Vorsorgevollmacht an meine

Kinder erteilen. An manchen Tagen bin ich aber noch ziemlich neugierig auf das Leben um mich herum und auch auf die Entwicklung meiner Enkel und Urenkel.

Täglich studiere ich die Todesanzeigen in der Zeitung Heute las ich wieder eine der besonderen Art: Auch wenn wir in den letzten Jahren keinen Kontakt mehr zueinander hatten, Du bist und bleibst unsere Mutter.

Ich frage mich, warum können Menschen sich derart wichtige Seelenbotschaften nicht zu Lebzeiten sagen? Wer hat nun noch etwas davon? Die Mutter sicher nicht, die Kinder vielleicht, um Ihr Gewissen zu erleichtern. Verrückte Welt.

Viele Kinder und Enkel wissen mit den Gebrechen und dem Verfall ihrer Altvorderen nicht umzugehen, sind einerseits betroffen und andererseits genervt. Und wenn dann wieder einer von uns für immer gegangen ist, dann sieht man oft ein erleichtertes Aufatmen, dass sie nun erlöst sind von ihren moralischen Pflichten. In den Todesanzeigen steht nie, wie sehr die Eltern im Alter genervt haben. Manch einer hat seine Lieben nicht nur im Alter, sondern ein Leben lang genervt. Eigentlich sollten in den Todesanzeigen dann Sprüche stehen wie: Unsere liebe Mutter hat uns mit ihrer Rechthaberei, Sturheit und Intoleranz das Leben ganz schön schwer gemacht. Geliebt haben wir sie trotzdem. Sie uns anscheinend auch. Was wäre sonst wohl aus uns geworden?

Noch etwas ganz Wichtiges, meine lieben Kinder: Wenn ich tot bin, denkt daran, dass ich fünf prächtige Goldzähne im Mund habe. Unbedingt extrahieren bevor der Bestatter sich in einer Nacht- und Nebelaktion darüber hermacht oder der Krematoriumsfritze sich damit bereichert! Eine Beerdigung ist eh schon teuer genug.

Schön wäre es, wenn ich das selige Märchen vom Wiedersehen im Jenseits glauben könnte, dass ich dort all meine Lieben wiedertreffe. Eigentlich sind diejenigen zu beneiden, die diesen Kokolores vom Weiterleben nach dem Tod (im optimalen Fall sogar im Paradies) ernsthaft glauben können. Ach ja, schön wär's! Tot ist tot. Basta, und das war's. Einzig und allein das Diesseits zählt. Fürs Jenseits gibt's einen Sarg, paar Blumen, ein tiefes Loch oder eine Urne und adieu du schöne Welt. Alles was wir erhoffen können, ist, dass unsere Lieben und Weggefährten uns in liebevoller Erinnerung behalten, falls wir sie im Diesseits nicht zu arg gepiesackt haben mit unseren kleinen oder großen Gemeinheiten, mit Herzlosigkeit, Geiz und einem fiesen Charakter.

Nachdem ich seit Tagen über Leben und Tod grübelnd vor mich hingebrütet habe, bekam ich heute sozusagen den Ritterschlag von Frau STD. Sie machte eine Umfrage im Heim zum Thema Sterbebegleitung. Wie ich in meinen letzten Erdentagen begleitet werden möchte. Ob ich beten möchte, eine Kerze angezündet werden solle, ob ich mich am Jesuskreuz festhalten möchte. Die Hände meiner Kinder wären mir lieber, sagte ich. Das ganze Gerede, im Alter würden die Menschen gläubig, kann ich bei mir nicht feststellen. An das Paradies im Jenseits kann ich nicht glauben. Glückspilze, die das können. Das Leben hat mich gelehrt, dass wir hier auf Erden für ein bisschen Glück für alle sorgen müssen und für ein friedliches Zusammenleben in einer gerechten Gesellschaft. Nach dem Tod passiert nichts mehr, behaupte ich mal, keiner kriegt ´ne zweite Chance. Aus und vorbei. Vor ein paar Jahren, als mir mein eigener Tod noch ziemlich fern erschien, hätte ich mich auf die Sterbeumfrage eingelassen, aber an so einem schönen sonnigen Tag wie heute will ich mich nicht anhand eines Fragebogens, als stünde mein baldiges Ableben unmittelbar bevor, damit befassen.

Gestern hatte ich Besuch von meiner Enkelin. Sie erzählte mir, dass sie sich als Erzieherin in einer katholischen Einrichtung beworben habe, die Stelle aber nicht bekäme, da sie evangelisch sei. Wer dort arbeiten will, müsse getauft sein, Ehepaare müssten kirchlich getraut sein. Nur die Putzfrauen dürfen Muslime, Juden und sogar Atheisten sein. Ich konnte es kaum glauben, dachte immer, vor Gott seien alle Menschen gleich. Ich sagte meiner Enkelin, dass wir hier im Heim viele türkische, russische, polnische und marokkanische Pflegerinnen haben. Meinem Mund und auch meinem Hintern ist es schnurzpiepe, welchen Glaubens oder auch Nichtglaubens die Hand ist, die ihn mir abwischt. Auf jeden Fall ist mir die sanftere Hand lieber als die zupackend-gründliche.

Morgen holt mich meine Enkelin zur Tauffeier meines zweiten Urenkelkindes ab. Ich freue mich unbändig auf das Familienfest und darauf, die ganze Mischpoke mal wieder zusammen zu sehen.

Bin von der Taufe zurück und noch ganz aufgewühlt von den vielen Eindrücken. In der Kirche war ich schon lange nicht mehr, und bin jetzt richtig froh, dass ich noch zu diesem Verein gehöre. Es war solch ein erfrischender Familiengottesdienst mit vier lebhaften Täuflingen und den dazugehörigen quirligen Geschwistern, die die versammelte Gemeinde zum Schmunzeln brachten.

Die anschließende Familienfeier habe ich in voller Länge genossen. Und heut bin ich noch ganz erschlagen von den turbulenten Wiedersehensfreuden mit so vielen lieben Verwandten und Weggefährten, und von dem üppigen Festtagsessen. Glücklich und zufrieden bin ich, zu solch einem wundervollen Familienclan zu gehören. Das habt ihr gut gemacht, meine lieben Kinder und Enkel, mir so viele Nachfahren zu bescheren. Sie sind belebend wie sonst nichts in meiner Welt.

Kürzlich hatte uns im Heim eine Gruppe Kindergartenkinder besucht. Da kam Leben in die Bude mit so viel fröhlichem Kindergewusel. Sie kommen regelmäßig, um mit uns zu singen und zu spielen. Jubel, Trubel, Heiterkeit für die Alten von den Jüngsten im Zuge der Aktion „Generationsbrücke". Eine wunderbare Abwechslung für uns Oldies. Zwei ganz Kleine verhielten sich etwas schüchtern und beäugten uns „Omas und Opas" mit einer gewissen Skepsis. Die Größeren tobten fröhlich durch Haus und Garten und ließen sich Kakao und Kuchen schmecken.

So manch kleiner Zwerg muss sich oft schon mit einem Jahr von seinen Eltern trennen, um in die Kita zu gehen. Jaaa, ich weiß, Kitas sind wichtig für die Entwicklung der Kinder, nützlich und unverzichtbar für die modernen Mütter und Väter, die ihren Beruf ausüben müssen. Aber auch für die Einjährigen? Wenn so ein kleines Menschlein noch nicht laufen, nicht sprechen, sich nicht selbst beruhigen kann, dann braucht es doch vor allem seine liebsten Bezugspersonen. Mit zwei Jahren ist es dann ja schon viel weiter in seiner Entwicklung und kann sich seine Welt mit Sprechen und Laufen erobern. Aber, herzallerliebste Kinder und Enkel, lasst euch nicht von eurer altmodischen Mutter und Oma reinreden. Ihr werdet am besten wissen und spüren, was eure Kinder brauchen. Aber eins weiß ich ganz genau: Ein kleines Menschenkind braucht erst mal Liebe, Liebe, Liebe, um im späteren Leben zur Hochform aufzulaufen. Bildung fängt mit Herzensbildung an. Ein Kind, das sich geliebt fühlt, hat den Kopf frei zum Lernen, traut sich etwas zu und ist gefeit gegen die unausbleiblichen Gemeinheiten des Lebens, kann auch mal Kränkungen aushalten ohne gleich auszurasten.

Jede Generation erzieht sich die Kinder nach den Erfordernissen der Gegenwart. Die heutigen Kinder müssen Teamfähigkeit lernen, mit Computern umgehen können, gute Konsumenten werden. Die Spielzeugindustrie braucht die Wünsche der Kids, so wie die Rüstungsindustrie die Kriege braucht, die Ärzte und die Pharmaindustrie die Kranken, die Zigarettenindustrie die Raucher, die Weight Watchers die immer wieder rückfällig werdenden Übergewichtigen. Die Kinder meiner Generation wurden zu gehorsamen Schafen erzogen, und viele mutierten zu verblendeten Verbrechern, die einem Diktator zujubelten. Millionen mussten für diesen Wahnsinnigen ihr junges Leben auf dem irrwitzigen Felde der Ehre opfern.

Warum haben wir uns nicht zur Wehr gesetzt gegen diese unmenschliche Diktatur, wurde ich oft gefragt. Weil wir Angst hatten, versteht ihr? Eine Scheißangst. Ihr Kinder heute habt es besser, vergesst es nie, welch ein unsagbar großes Glück es ist, in einem freien Land zu leben. Ihr dürft meckern, demonstrieren, auf die Barrikaden gehen ohne drastische Strafen befürchten zu müssen. Traut euch, Unrecht und Ungerechtigkeit beim Namen zu nennen! Unbelehrbare Zementköpfe werdet ihr damit zwar nicht zur Einsicht bewegen können. Diktatoren und Tyrannen wurden, wie uns die Geschichte schmerzlich gelehrt hat, nie von Einsicht heimgesucht oder gar geläutert. Aber Menschenrechtsverletzungen immer wieder laut anzuprangern, das hilft den Unfreien und Unterjochten.

Mein Großvater, ein warmherziger und geistreicher Mann, den ich abgöttisch liebte, war auf seiner Negativseite freilich auch einer jener Alphatiere, die es nicht ertragen konnten zu verlieren. Das untergrub seine männliche Ehre. Ich erinnere mich an ein Mensch-ärgere-dich-nicht-Spiel, bei dem sich mein 11-jähriger Bruder diebisch darüber freute, Opas Spielfiguren eine nach der anderen rausgeschmissen zu haben. Woraufhin der frustrierte Opa sämtliche Figuren mit einem Handstreich vom Tisch fegte und meinem Bruder unterstellte, er habe geschummelt. Opa ein Verlierer? Das grenzte an Majestätsbeleidigung. Oma, die getreue Ehefrau, stand dem geschmähten Gatten natürlich in Treue fest zur Seite und rügte das unartige Freudengeheul meines Bruders. Alles andere wäre ihr auch schlecht bekommen. Und was lernte mein Bruder daraus? Wer ein Mann sein will, darf kein Verlierer sein. Da lobe ich mir doch meine eigenen Kinder, die können mit Anstand verlieren, und das auch oft noch mit Humor. Bilde ich mir zumindest ein.

Es wäre dem Opa nie in den Sinn gekommen, sich für sein kindisches Verhalten zu entschuldigen. Um Himmels Willen! Welch ein Ansinnen! Dafür fehlte vielen Männern dieser mit preussischem Drill erzogenen Generation schlichtweg der Schneid. Wer oder was ihre Autorität auch nur im entferntesten in Frage stellte, hatte mit Sanktionen zu rechnen. Einzugestehen, dass sie Mist gebaut hatten, das wäre einer Ehrabschneidung gleich gekommen. Mein Bruder hat dennoch in seinem Leben Fairplay gelernt. Seinem Fußballtrainer sei Dank! Fair Play. Fair Trading. Fair Banking. Welch hehre Worte für eigentlich Selbstverständlichkeiten.

Jetzt bin ich mit meinen Gedankensprüngen schon wieder in andere Themen galoppiert. Ich wollte doch von der Taufe berichten.

Also, beim Fotoshooting (früher nannte man es Fotografieren) durfte ich meine kleine Urenkelin auf dem Schoß halten, daneben die Omas und die Mutter des kleinen Mädchens. Vier Generationen vereint. In Gedanken halte ich die kleine Maus noch immer im Arm. Wie wird ihr Leben verlaufen? Wie wird die Welt in achtzig oder hundert Jahren aussehen, wenn sie alt und gebrechlich ist? Ob sie dann von Robotern angezogen und geduscht wird? Wird sie dann vielleicht virtuell bespaßt und bekommt Streicheleinheiten per E-Mail geschickt?

Ach, du kleines Menschlein, ich wünsche dir eine unbeschwerte Kindheit, deine fabelhaften Eltern werden das schon hinbekommen. Vor allem wünsche ich dir, dass du dich geliebt fühlst und ein gutes Selbstwertgefühl entwickeln kannst. Das ist das beste Fundament für einen erfreulichen Lebenslauf. Wem als Kind liebevolle Zuwendung zuteil wird, wem seine Bedürfnisse nach Liebe und Beistand erfüllt werden, kann als Erwachsener ebenfalls anderen Menschen Empathie entgegenbringen, muss nicht stets darauf bedacht sein, die eigenen seelischen Mangelerscheinungen zu kompensieren.

Meine kleines Paulinchen, ich bin richtig stolz darauf, deine Uroma zu sein. Da fällt mir ein Text aus einem Lied von Milva ein: Du blühst an meinem Lebensbaum wie ein erfüllter Lebenstraum, bist meine Zukunft, die mit dir beginnt, mein Kind. Du bist mein Leben nach dem Tod, mein Morgen- und mein Abendrot ... tralala.

Ups, da singt doch jemand vor meiner Zimmertür. Ach, es ist die fröhliche, aber etwas depperte Münchnerin, die mal wieder im Dirndl durchs Haus geistert und aus voller Kehle jodelt: „Im Heim, do gibts koa Sünd". Außer ihr Singsang, der ist sündhaft nervig. Eine andere Sangesfreudige legt es gern und oft darauf an, die Mitbewohner auf die Barrikaden zu bringen, indem sie zu Karneval Weihnachtslieder schmettert, zu Weihnachten Karnevalslieder und die Geburtstagsständchen mit zotigen Zwischenrufen stört.

Als ich von unserem nachmittäglichen Themenkreis zurückkam, fand ich Frau Wolf-Geißlein (Pseudonym) laut schnarchend in meinem Bett liegend. Auf dem Nachttisch meine Keksdose, geöffnet und leer gefressen. Ich versuchte sie zu wecken, vergeblich, sie grunzte nur kurz auf und drehte sich auf die andere Seite. Schließlich schaffte ich es gemeinsam mit Schwester Else, sie in ihr eigenes Zimmer zurückzubringen.

Danach setzte ich mich in meinen Ohrensessel mit Blick in den Garten und schaute mir den Sonnenuntergang an. Im Gesprächskreis am Nachmittag hatten wir das Thema behandelt: „Welcher Glaube ist der richtige?" Ich erdreistete mich, in den Ring zu werfen: „Jeder, der die Menschen zur freien Entfaltung ermutigt, der Hilfsbereitschaft und Toleranz predigt. Die katholische Kirche will viel zu sehr maßregeln."

Ich hatte kaum das Wort katholische Kirche und maßregeln ausgesprochen, da flogen mir von einigen besonders glaubensfesten Mitschwestern Worte wie ketzerisch und Blasphemie entgegen.

Bravo, ihr Toleranz-Experten! Sagte ich nicht, dachte ich nur.

Meine Stuhlnachbarin schaute verständnislos: „Was ist das, Blasphemie?"

Ich klärte sie auf: „Gotteslästerung."

Sie, erleichtert: „Ach so, ich dachte schon was Schweinisches."

Ich musste mir das Lachen verkneifen. Die fromme Helene (Pseudonym) fragte mich herausfordernd: „An was glauben Sie denn?"

Ich blieb gelassen: „An das Gute im Menschen," und schob flugs mein Credo zu diesem Thema nach: „Der Mensch ist von Natur aus gut. Das ist die Erkenntnis, die wir nutzen müssen." Hatte ich mal irgendwo gelesen.

„Na, ich weiß nicht", zweifelte die listige Lisa (Pseudonym) meine Theorie an. „Wenn ich mich hier so umschaue ...." und grinste belustigt in die Runde.

Sofort fing sie sich einen giftigen Blick von Frau Walpurgis (Pseudonym) ein, der kleinen bösen Hexe in Menschengestalt, die ihren Gehstock gern schon mal als Schlagstock benutzte.

Die fromme Helene begann damit, die vielen guten Taten der katholischen Kirche aufzuzählen, von denen ich ja wohl anscheinend keine Ahnung hätte. Ich müsse ja immer nur bösartig lästern, ging sie mich an.

Damit war mir die Lust aufs Debattieren vergangen, und ich verließ eingeschnappt den Raum. Das war ziemlich kindisch und wenig mutig von mir. Aha, dämmerte es mir feigen Kopfeinzieherin, mal wieder zurück ins Schafskostüm. Ich hätte stattdessen die unsägliche Story von dem Harmonium zum Besten geben sollen, die mir meine Cousine erzählt hatte. Es war nach dem Krieg, als die Trauerfeier für einen verstorbenen evangelischen Verwandten im katholischen Gemeindehaus abgehalten werden musste, da die Kirchen zerstört waren. Auf Anweisung des katholischen Pfarrers durfte dabei allerdings nicht auf dem Harmonium gespielt werden, da dies, so der Pfarrer, dann wieder neu geweiht werden müsse, wenn es für einen Evangelischen gespielt wurde.

Ein weiteres irrwitziges Erlebnis fiel mir ein. Nach der Flucht aus der DDR hatte ich einige Wochen als Hausgehilfin in einer liebenswerten, streng katholischen Familie gearbeitet. Meine Aufgabe war es gewesen, mittags eine Fertigsuppe zu kochen. An einem Freitag wählte ich eine Tüte Ochsenschwanzsuppe aus. Aber das ging gar nicht, Freitag hatte nach christlichem Dogma fleischlos zu sein. Ich hatte nicht im geringsten daran gedacht, dass die winzigen Suppenfleischkrümel einen familiären Sündenfall heraufbeschwören könnten. Die komplette Suppenmahlzeit landete im Klo, selbst der Hund bekam sie nicht zum Fraß vorgesetzt. Ich kochte eine Tomatensuppe und fragte im Stillen meinen Gott, an den ich damals in meiner Naivität noch ganz fest glaubte, wie dereinst an den Weihnachtsmann: „Lieber Gott, das kannst du doch so nicht gemeint haben. Nicht im Ernst!" Und mein lieber Gott antwortete mir: „Ihr Kleingläubigen, wenn ihr keine anderen Sorgen habt, jauchzet und seid froh! Halleluja!"

Ich bin zufällig auf einen Zeitungsartikel gestoßen, der mir neue Munition gegen die fromme Helene lieferte. Da war zu lesen, dass alles Leid, das Menschen von anderen Menschen zugefügt wird, seine Wurzeln in dem Gefühl der Unzulänglichkeit und der daraus resultierenden Scham habe, dass Menschen sich gedemütigt fühlen. Damit werde ihre Fähigkeit zur Empathie vernichtet.

Ich musste den Artikel zweimal lesen, um ihn zu kapieren. Ich stellte mir vor, dass Jesus einfach nur ganz liebe- und verständnisvolle Eltern gehabt haben musste, so konnte er sich zum Gutmenschen im christlichen Sinne entwickeln. Davon gibt es ja doch ganz viele auf der Welt, und das hat nicht die Religion mit ihnen gemacht, sondern die Gutmenschen in ihrer Kindheit und in ihrem Umfeld. Die ganze Chose mit dem Christsein ist doch eigentlich ganz simpel: Alles Gute beginnt mit guten Eltern. Und der Jesus, der war vermutlich mit so viel Liebe gefüttert worden, dass er angeblich selbst seine Feinde lieben konnte. Na ja, so weit muss es ja nicht gehen, es würde schon genügen, wenn man sie nicht abmetzelt.

Wer selbst voller Wut und Aggressionen steckt, ist stets getrieben auf der Suche nach einem Sündenbock, einem Feindbild, an dem er seinen eigenen Frust abreagieren kann. Und bei miesem Wetter – wie hier mal wieder seit Tagen -, das aufs Gemüt drückt, steigert sich der Frust dann noch zusätzlich, dann kann einem keiner mehr etwas Recht machen. Aggressionen kommen nie aus heiterem Himmel. Am besten spriessen sie im Klima der Beschämung, Verachtung und Verhöhnung.

Je älter ich werde, umso mehr finde ich Gefallen am Philosophieren. Dazu fehlte mir in meinem aktiven Leben immer die Zeit. Schon von klein auf war uns eingeimpft worden, Müßiggang sei sündhaft. Rumsitzen und in den Tag hinein träumen war verpönt. Ach herrjeh, was war früher nicht alles verpönt! Zum Beispiel, dass ein weibliches Wesen keine Hosen zu tragen hatte. Das schickte sich nicht. Und dass man als Jungfrau in die Ehe zu gehen hatte. Vor der Ehe war Sex Todsünde, mit dem Tag der Eheschliessung Pflicht (und da zählte nicht etwa der Tag der standesamtli-

chen, sondern erst der Tag der kirchlichen Trauung).
Die Kür fand nur heimlich statt. Aber es gab auch
durchaus verwegene Weibsbilder, die sich trauten,
die Normen zu durchbrechen. Meine Tante Lina war
solch ein bewundernswertes Geschöpf, das schwarze
Schaf der Familie. Sie hatte sich standhaft geweigert,
den von den Eltern favorisierten Herrn Doktor zu
ehelichen, stattdessen eine leidenschaftliche Affaire
mit einem verheirateten Windhund (so die Titulierung
ihres Vaters) ausgekostet, eine uneheliche Tochter geboren, später aus Versorgungsgründen einen erheblich
älteren Verwaltungsbeamten geheiratet, den sie nach
allen Regeln der Kunst mit anderen Liebhabern betrog.
Kriegsbedingt wurde die Auswahl an Liebhabern re-
duziert und sie älter, so dass sie sich auf ihre sozialen
Fähigkeiten besann. Für einen schwulen Freund, der
aufgrund seiner Veranlagung ins Visier der Nazis ge-
raten und von Verfolgung bedroht war, hatte sie die
Eheschließung mit ihrer Schwester eingefädelt. Diese
bekam durch die Verheiratung endlich die Chance
und vom Herrn Papa die ersehnte Erlaubnis, aus ihrem schlesischen 300-Seelendorf zu ihrem (schwulen)
Mann ins verlockende Sündenbabel Berlin reisen zu
dürfen.

Kommentar von Tante Lina: „Hab ich das nicht gut
hingekriegt? Zwei Fliegen mit einer Klappe geschlagen." Die Ehe wurde nach einem Jahr geschieden.

In den Hungerjahren der Nachkriegszeit im zerbombten Dresden gelang es der Lebenskünstlerin Lina, sich
mit einem achtzigjährigen Herrn Gero von Postewitz
zu verloben. In der Verlobungsanzeige hatte sie sich
den Künstlernamen Liane verliehen, da ihr Lina zu

popelig schien für einen von Postewitz. Die Verlobung platzte dennoch. Der kluge Gero brauchte nicht lange, um die knallharte Berechnung seiner Liane zu durchschauen. Wenn der Herr Verlobte an der Haustür klingelte, wies Lina - pardon, zu jener Zeit Liane – ihre Tochter an, erst mal am Fenster hinter der Gardine nachzuschauen, ob der gute Gero eine Tasche oder einen Rucksack bei sich trug, in dem sich lebensnotwendige Esswaren oder begehrte Tauschgegenstände für den Schwarzmarkt, wie Tafelsilber oder Meissner Porzellan aus seinem Familienbesitz, befanden. Kam der Herr Verlobte ohne Gepäck, wurde ihm nicht geöffnet.

Jahre später als DDR-Flüchtling auf verzweifelter Wohnungssuche in Westdeutschland, ließ die ausgebuffte Lina abermals ihr vielseitiges Talent für sich arbeiten. Auf dem Wohnungsamt ging sie ihrem Sachbearbeiter tagtäglich mit bühnenreifen Weinkrämpfen, Suiziddrohungen und angedeuteten Verzweiflungstaten dermaßen auf die Nerven, dass er ihr, um endlich seine Ruhe vor ihr zu haben, eine Wohnung zuwies, obwohl sie auf seiner Warteliste längst noch nicht an der Reihe war. Mit ihrem theatralischen Geflenne: „Guter Mann, mir wäre es ja auch lieber, ich müsste Ihnen nicht ständig auf der Seele liegen. Aber geben Sie mir eine Wohnung und Sie sehen mich nie wieder," hatte sie ihn breitgeschlagen. Schmierentheater statt Schmiergeld.

Meine wunderbare Mutter muss einige von diesen diplomatischen Lina-Genen geerbt haben. Dereinst beim Elternsprechtag in meinem klösterlichen Lyzeum wurde meine Mutter von der Direktorin regelrecht verhört, ob es der Tatsache entspräche, dass ihre Tochter (das war ich) mit gerade mal 15 Jahren eine Tanzstunde besuche. Das sei nicht im Sinne einer sittlichen Erziehung. Meiner pfiffigen Mama kam zum Glück schnell genug die richtige Antwort in den Sinn, denn sie wollte es nicht mit dem Lehrkörper verderben. „Aber, Frau Direktorin, es ist ein Tanzkurs vom evangelischen Jugendkreis ... im Beisein des Herrn Pastors." Es stimmte weder das eine noch das andere, aber Frau Direktorin konnte erleichtert aufatmen. Gott sei's gelobt, wieder ein gefährdet Mägdelein vor den bösen Wölfen mit Flaumbartwuchs bewahrt!

Meine Mama schaute auf dem Nachhauseweg verschmitzt gen Himmel und sagte schuldbewusst: „Eine kleine Notlüge, lieber Gott. Und sieh mal, schon ist alle Aufregung aus der Welt geschafft."

Morgen ist hier im Heim wieder Angehörigen-Sprechstunde. Wie früher beim Elternsprechtag wird über die Sorgenkinder beraten. Nur mit umgekehrten Vorzeichen. Jetzt sitzen die Kinder über die Alten zu Gericht. Ich will das nicht, dass hier lang und breit meine noch verbliebenen Fähigkeiten bekakelt werden, ihr Klugscheißer!

Ich weiß, ich bin heute unausstehlich. Bin wütend auf mich, die Pfleger, die ganze Welt, und möchte mich in mein Zimmer verkriechen und den ganzen Tag heulen.

Ich versuche mich abzulenken, indem ich in meine Kindheit abtauche. In meiner Erinnerung war es eine wunderbare unbeschwerte Zeit, und ich bin überzeugt, dass diese beschützte Kindheit mit viel Freiraum aber gleichzeitig auch strengen Regeln mich stark gemacht hat für alle Kämpfe, die mir das Schicksal später zugemutet hat.

Ich kuschele mich in meinen Ohrensessel und schließe die Augen.

Es ist Sommer, wir Kinder haben Schulferien, ich liege in unserem Garten in einer Hängematte, über mir rauschen leise die Blätter der großen alten Linde. An deren unterem Ast ist eine Schaukel befestigt, auf der meine Schwester mit lautem Freudengeschrei wild hochschwingt, bis sie mit den nackten Füßen das Blätterwerk berühren kann. Mein kleiner Bruder hängt sich mit seiner gesamten fünfjährigen Muskelkraft an den Schwengel der Pumpe, um aus dem Brunnen im Hof Wasser für unseren Hund Moritz und die Hühner hochzupumpen. Meine Mutter hat die Bettlaken zum Bleichen und Trocknen auf der Wiese ausgebreitet, die Oma steht in der Waschküche und kocht in Dutzende Gläser Heidelbeeren ein, Obstvorrat für den Winter. An Sonnabenden machte sie stets einen riesigen Kloß Hefeteig, der auf drei rechteckige Kuchenbleche verteilt und mit Obst und Streuseln belegt wurde. Die Bleche wurden dann zum Backen im Handwagen durchs halbe Dorf zum Dorfbäcker gekarrt. Auf der Rückfahrt haben wir Kinder uns dann stets einige dicke Streuselstücke von dem duftenden und noch heißen Kuchen abgeklaubt, was regelmäßig ein großmütterliches Donnerwetter nach sich zog, ohne Resultat. Wir wussten, dass Omas Geschimpfe nichts Bedrohliches bedeutete.

An heißen Sommertagen trafen sich alle Dorfkinder unten am Fluss, wo wir uns im gestauten tiefen Wasser am Wehr mit eiserner Ausdauer in Eigenregie das Schwimmen beibrachten. Den ganzen Sommer über gingen wir barfuß, auch zur Dorfschule. Bei Gewitter saß Oma stets in Panik mit ihrem Dokumente-Koffer auf dem Schoß im Hausflur, ihrer Ansicht nach der sicherste Ort bei Blitzeinschlag. Bei einem besonders heftigen Gewitter war mein 11-jähriger Cousin Hans zu Besuch, der wie wir Kinder alle in den Sommerferien bei der Getreideernte helfen musste. Er war ein recht redseliger Knabe, der unablässig frisch und fröhlich und sehr anschaulich von verheerenden Blitzeinschlägen, abgebrannten Scheunen und schweren Unwettern in seinem Heimatort quasselte. Oma, mittlerweile das reinste Nervenbündel, fauchte ihn schließlich an, endlich die Klappe zu halten. Der arme Hans war ganz verdattert, warum seine Oma, sonst die Güte in Person, ihn dermaßen heftig anraunzte. Er hatte sie doch nur ein wenig ablenken wollen. Er schwieg augenblicklich und wirkte sehr betroffen. Er konnte Omas unerklärliches Verhalten, das aus ihrer Angst heraus entstanden war, nicht einordnen. Ich bin sicher, er hat nie wieder über Gewitter oder Unwetter gesprochen. So kann man Kinder zum Schweigen und Verschweigen bringen. Oma hätte ja auch sagen können: „Hans, ich habe wahnsinnige Angst vor Gewitter, sei so gut und erzähle mir deine Unwetter-Geschichten später, wenn ich mich wieder beruhigt habe, dann höre ich mir an, wie das damals bei euch war." Damit hätten beide, Oma und Hans, gut leben können. So entstehen oft aus ganz banalem Anlass unbeabsichtigt Missverständnisse.

Ich erinnere mich an ein Missverständnis, das in seiner Lächerlichkeit kaum zu übertreffen war. Vor vielen Jahren war ich eine Zeitlang mit einem gut situierten Herrn befreundet. Eines Tages begrüßte ich ihn, ohne jegliche beabsichtigte Ironie, einfach nur albern dahin gesagt, mit den Worten: „Gott zum Gruße, kleiner Kommerzienrat!" Wie mir erst später dämmerte, muss er sich von dem Wort „klein" dermaßen in seiner Ehre verletzt gefühlt haben, dass er meine vermeintliche Geringschätzung völlig zusammenhanglos mit einer (typisch männlichen) Macho-Keule parierte: „Du hast wirklich einen dicken Arsch!" Damit wollte er anscheinend meine weibliche Eitelkeit treffen. Ich hatte damals weder einen dicken Arsch, noch war ich von Eitelkeit geplagt, jedoch von Feminismus, und so giftete ich zurück: „Selbst wenn mein Arsch der eines Ackergaules wäre, welch primitive Retourkutsche, Herr Kommerzienrat!" Und ich dachte, du dünkelhafter Piefke, wie wenig selbstbewusst! Wer – vermeintlich – an deiner selbstbewussten Fassade kratzt, bekommt deinen Liebesentzug zu spüren. Ich strafte ihn mit konsequentem Abschmettern seiner materiellen Wiedergutmachungsversuche. Aus meiner heutigen Sicht kommt mir meine damalige Reaktion ebenfalls recht kindisch vor. Könnte diese Erkenntnis ein Anflug von Weisheit sein?

In dieses Bild der Missverständnisse passt auch die Schilderung meiner Freundin, deren mittlerweile verstorbener Mann vor Jahren beruflich auf eine anstrengende Geschäftsreise nach USA und Japan geschickt wurde. Die anstehende Reise lag ihm wie ein Stein auf der Seele, er litt unter Flugangst, bekam Panikattacken im Flugzeug, was er aber niemandem eingestand. Statt dessen war er bereits Tage vor Beginn der Reise unausstehlich und reagierte seine innere Anspannung mit Kritik an allem und jedem sowie ungerechtfertigten Vorwürfen seiner Frau gegenüber ab. Bis es ihr schließlich reichte und sie ihn anfauchte: „Du bist einfach unausstehlich! Rutsch mir doch den Buckel runter!" Sie trennten sich im Streit, und ihn begleitete nun nicht nur seine Flugangst, sondern auch noch sein schlechtes Gewissen. Dabei wäre es so viel einfacher gewesen, mit seiner Frau über seine Ängste zu sprechen. Was er Jahre später tat.

Das sagt sich jetzt so leicht, aber so einfach ist das oftmals nicht, über die eigenen Ängste und Defizite zu sprechen. Viele Missverständnisse ziehen sich durchs ganze Leben, manch eine Ehe zerbricht an falsch gedeuteten Aussagen des Partners, oder am Schweigen, anstatt die Dinge beim Namen zu nennen.

Meine Freundin indes hat mit ihrem Flugangst-Mann vor einigen Jahren Goldene Hochzeit gefeiert. Die Sorgen um ihre schwer erkrankte Tochter hat für beide die eigenen Probleme relativiert und sie dankbar gemacht für das viele Gute und Positive in ihrem langjährigen Zusammenleben. Allem hausgemachten Kleinkrieg zum Trotz über schludriges Unkrautjäten, übervolle Mülleimer, den Putzfimmel der Frau Gemahlin, ihr stundenlanges Gequassel am Telefon, sein Zerfleddern der Tageszeitung und der Vergehen mehr.

Die vermeintlich glückliche Ehe des unzertrennlichen Paares vom Zimmer nebenan – ich habe sie Tristan und Isolde getauft - mit dem von mir angedichteten Sexleben, welches sich als Atemnot herausstellte, sei nur eine

Versorgungsehe gewesen, hat mir kürzlich Isolde nach zwei Gläsern alkoholfreier Bowle zugeflüstert. „Meine Ehe ist der Horror, er ist ein schrecklicher Egoist und behandelt mich wie ein dummes Kind", erklärte sie mit weinerlicher Stimme. Auf meinen Einwand, dass sicherlich die dementielle Erkrankung ihren Mann so negativ verändert habe, antwortete sie: „Ach was, der war schon immer so ein Ekel." Und sie habe immer alles stillschweigend geschluckt. Vielleicht sei das ihr Fehler gewesen, entgegnete ich. „Aber was hätte ich denn machen können, ich war finanziell völlig von ihm abhängig, kuschte und war brav, wie ich es von Kindheit an gelernt hatte", zog sie verbittert Bilanz.

„Ach ja, das haben sie uns mit Erfolg eingetrichtert, die Altvorderen. Mädchen haben nicht aufzumucken, es würde den Männern, Vätern, Opas, Brüdern, Chefs bloß lästigen Stress machen", pflichtete ich ihr bei. „Mein verstorbener Mann sagte oft zu mir, bleib lieb. Das war so ganz nach seinen Wünschen, wenn das brave Schaf lieb war, nichts forderte."

Und dann sagte ich etwas zu Isolde, was als Trost gemeint war und was ich sogleich darauf zutiefst bereute: „Vielleicht stirbt er ja vor ihnen, er ist ja so viel älter."

„Um Gottes Willen, nein, soo schlimm ist er nun auch wieder nicht", wiegelte sie entsetzt ab.

Ich zog es vor, mich von diesem Thema und von Isolde zu verabschieden und ging in den Garten, um frische Luft zu schnappen. Ich hatte mich ja schon öfters gefragt, wie Isolde, eine selbst im Alter noch ausgesprochen attraktive Frau, solch einen ausgesprochen hässlichen Mann wie Tristan hatte heiraten können. Er wird in jungen Jahren kaum hübscher gewesen sein.

Aber Versorgungsehe erklärte natürlich einiges. Die hässlichsten Männer (mit viel Geld) haben häufig die hübschesten Frauen, mit denen sie sich schmücken, wahrscheinlich, um das eigene Aussehen zu kompensieren.

Wieder eine Illusion weniger über langjährige intakte Ehen.

Jetzt bin ich mit meinem Gedankentanz wieder total in andere Themen abgedriftet. Dabei wollte ich doch von meiner beschaulichen Kindheit erzählen. Davon ist mir noch so vieles präsent, als hätte ich es erst gestern erlebt. Zum Beispiel die langen, eiskalten Winter, wenn wir Kinder auf dem zugefrorenen Bach mit Schlittschuhen zur Schule flitzten. Oder die wunderbaren Rodelpartien vom Waldrand über die Wiesen bis hinunter zu den Häusern am Rande des Dorfes, wenn wir nach stundenlangem Schlittenfahren vollkommen durchnässt nach Hause kamen. Wir hatten weder wasserdichte Jacken noch Schneehosen, sondern Schweinslederschnürschuhe und handgestrickte Mützen und Socken. Manchmal durften wir mit einem Bauer aus dem Nachbardorf ein Stück auf seinem Pferdeschlitten mitfahren. Am schönsten waren die langen Winterabende, wenn wir uns auf der Ofenbank den Rücken am Kachelofen wärmten und die Bratäpfel in der Ofenröhre schmorten. Im Winter war es im Schlafzimmer nachts so kalt, dass wir morgens erst ein Loch in die Eisblumen an der Scheibe hauchen mussten, um nach draußen sehen zu können. Dann hängte der Vater die Doppelfenster ein und wir Kinder stellten selbstgemalte Weihnachtsbilder in die Zwischenräume von Doppelfenster und normaler Fensterscheibe. Im

Garten wurde das Vogelhäuschen aufgestellt, und wir beobachteten tagtäglich das emsige Treiben der gefiederten kleinen Freunde. Unser abendliches Fernsehprogramm.

Wir Kinder waren uns viel selbst überlassen, hatten alle kleine Pflichten im Haus und Garten zu verrichten. Unkrautjäten, Hühner füttern, Wäsche aufhängen, abtrocknen, die Gemüsebeete gießen. Die meiste Zeit verbrachten wir in unserem großen Garten, auf der Dorfstraße mit den Dorfkindern oder in unserer Sommerlaube.

Meine eigenen Kinder hatten nicht das Glück in einem so beschaulichen und naturverbundenen Umfeld groß zu werden. Ich bin mehrmals mit ihnen von einer Stadt in die andere umgezogen, habe ihnen viel Anpassung abverlangt. Heute denke ich, dass ich ihnen zu viel zugemutet habe, dass ich sie zu oft allein lassen musste, um in der Nachkriegszeit an entfernten Arbeitsplätzen den Lebensunterhalt zu verdienen und die Familie halbwegs durchzubringen. Heutzutage legen die jungen Leute größten Wert darauf, einen Job zu haben, der ihnen Spaß macht, auf alles andere haben sie keinen Bock. Ha, ich hätte in meinem Leben auch gerne immer nur das getan, was mir Spaß gemacht hätte. Meine Kinder wären dabei auf meinem Selbstfindungstrip wahrscheinlich verhungert. Für unsere Generation kam immer erst die Pflicht und dann die Kür.

Mein Sohn meinte, das sei schon okay gewesen mit meiner Berufstätigkeit in seiner Kindheit, das habe ihn selbstständig werden lassen. Wenn ich mich recht entsinne, habe ich mich um das Seelenheil meines

Sohnes, das unbekannte Wesen, oft mehr gesorgt als um das meiner Töchter. Wie die ticken, das war mir ja vertraut. Meine älteste Tochter hat mir attestiert, dass ich glücklicherweise keine überbehütende Glucke gewesen sei. Da gäbe es viel schlimmere Klammer-Muttis. Uff, mir fällt ein Stein vom Herzen, liebste Tochter!

Sie selbst ist etliche Jahre durch die halbe Welt vagabundiert, bis sie schließlich ihr Glück gefunden hat mit Mann und Kindern auf einem kleinen Bauernhof, wo sie, die passionierten Ökofreaks, Bio-Gemüse und Obst anbauen. Und in der Tat, es schmeckt hervorragend.

Meine jüngste Tochter kann schlecht allein sein, braucht immer Menschen um sich, im Team läuft sie zu Hochform auf, zu Hause kann es nicht bevölkert genug zugehen. Vielleicht hat sie unter dem vielen Alleinsein in der Kindheit gelitten. Geprägt davon wurden sie alle drei, jeder nach seiner persönlichen Veranlagung. Das bleibt nicht aus.

Heute ist der erste heiße Sommertag des Jahres. Alle haben gute Laune, die trüben Wintergedanken sind Schnee von gestern. Bewohner und Pflegerpersonal wirken viel ausgeglichener, und selbst über die knochenharte Leber beim Mittagessen hat kaum einer gemeckert, sie heldenhaft runtergewürgt mit frohlockendem Blick auf den Eisbecher-Nachtisch. Bei seelischem Wohlbefinden spüren wir auch die körperlichen Wehwehchen gleich viel weniger. Also, ihr Getreuen, kümmert euch um unser Seelenheil, spart 'ne Menge Antidepressiva-Pillen.

Wenn ein Mensch ohne Hoffnung und Halt ist, wenn zwischenmenschliche Beziehungen fehlen, dann sucht und erhofft sich manch einer Hilfe durch Gute-Laune-Pillen oder im Spirituellen. Einsamkeit kann ganz schön mürbe machen und anfällig für so manchen Hokuspokus.

Hier im Heim muss keiner einsam sein. Wer seine Ruhe haben will, zieht sich in sein Zimmer zurück, wer Gesellschaft und Unterhaltung sucht, findet immer jemanden zum Plauschen, zum Kaffeetrinken, zum Spielen oder zum Spazierengehen im Garten. Zu Hause war es bei mir viel einsamer in den letzten Jahren, nachdem die Kinder ausgezogen waren, mein Mann verstorben war.

Jeden Mittwoch finden wir uns am Nachmittag im Gemeinschaftsraum zu einem Singkreis ein, der von Maestro Caruso (Pseudonym), einem Opernsänger im Ruhestand, geleitet wird und stets großen Anklang bei den Bewohnern findet. Singen kommt immer und bei den meisten gut an, macht fröhlich und locker. Selbst etliche unserer Altherrenriege sind stets mit lautstarker Begeisterung dabei. Von Bastelnachmittagen halten unsere Männer eher wenig. Einige würden viel lieber ihre noch vorhandenen handwerklichen Fähigkeiten ausprobieren. Meister Eder (Pseudonym) schlug vor, Vogelhäuschen für den Garten zu zimmern. Aber daraus wird wohl nichts, Frau STD meinte, die Verletzungsgefahr sei zu groß. Für die Tattergreise, fügte ich gedanklich hinzu. Da muss sich der Sozialtherapeutische Dienst (STD) mal etwas anderes einfallen lassen für das männliche Klientel. Die gehen sonst ein vor lauter Langeweile. Und da kam mir die famose Idee, dass wir einen hauseigenen Chor gründen könnten mit Maestro Caruso als Chorleiter. Mir fielen auch gleich einige Namen für den Chor ein: zum Beispiel Senio-Singers, oder Heim-Kehlchen, oder Chor der Antiken, oder Singdrosseln.

Habe Caruso gefragt, ob er Lust hätte, mit uns zu proben. Er war ganz angetan von der Idee und rief mir, bis zum nächsten Singnachmittag alle, die mitmachen wollen, zusammenzutrommeln.

Ich konnte es kaum glauben, dass meine Idee so schnell Wirklichkeit werden sollte und trällerte für den Rest des Tages vor mich hin: „Juchhu! Wir gründen einen Chor, Freiwillige vor!" Und mir fiel auch gleich ein passender Leitspruch von Friedrich Schiller ein: „Gesang und Liebe in schönem Verein, erhalten dem Leben den Jugendschein."

In den nächsten Tagen hatte ich bereits vierzehn Kandidaten auf meiner Liste, und beim nächsten Singkreis konnte ich Maestro Caruso stolz zwanzig Chorknaben und –mädchen vorstellen. Vier davon waren bereits früher Mitglieder in einem Gesangsverein gewesen. Wir einigten uns auf den Montagvormittag für unsere wöchentlichen Proben, wenn die Bibliothek frei ist.

Bereits drei Wochen später bekamen wir Gelegenheit, unser sängerisches Können öffentlich zu präsentieren, und zwar am 100. Geburtstag unserer ältesten Bewohnerin. Unser Repertoire umfasste zwar vorerst nur drei Lieder: „Und wieder blühet die Linde", „Die Gedanken sind frei" und „Am Brunnen vor dem Tore", aber der Applaus war langanhaltend und beglückend. Feuertaufe mit Bravour bestanden.

Da auch der Herr Oberbürgermeister unserer Jubilarin persönlich gratulieren kam, war ein Pressefotograf zugegen, der dann auch sogleich ein Foto machte von Maestro Caruso und seinen Senio-Singers (wir hatten uns in demokratischer Abstimmung auf diesen Namen geeinigt). Und am nächsten Tag wusste die ganze Stadt von uns sangesfreudigen Oldies. Frau STD bekam daraufhin eine Anfrage von einem anderen Seniorenheim in der Stadt, ob wir dort nicht ebenfalls einer 100-Jährigen ein Geburtstagsständchen bringen könnten.

Klar doch, machen wir. Jetzt geht der Spaß erst richtig los. Woodstock war gestern, jetzt wird gerockt am Brunnen vor dem Tore.

Leider ist die 100-Jährige dann kurz vor unserem ersten Auswärts-Auftritt verstorben.

Heute grüble ich mal wieder über Paarbeziehungen nach. Was hält sie zusammen? Was treibt sie auseinander? Ich war zweimal verheiratet, habe drei Kinder von meinem ersten Mann, der bald nach dem Krieg an seinen Kriegsverletzungen verstorben ist. Die folgenden Jahre mit drei kleinen Kindern waren die härtesten meines Lebens. Ich wagte die Flucht mit den Kindern aus der damaligen Ostzone nach Westdeutschland. Als Flüchtlinge waren wir nirgendwo willkommen. Die Wohnungsnot war riesengroß. Wir hausten zu dritt in einer Einzimmermansarde mit kleiner Kochküche. Nachts, wenn die Kinder schliefen, machte ich Heimarbeit, nähte Knöpfe auf Pappunterlagen, bastelte Papierblumen, strickte Socken, bügelte Wäsche. Als alle drei Kinder die Schule besuchten, ging ich vormittags in Privathaushalten putzen. Das war Schwarzarbeit. Da ich eine Witwenrente bekam, hätte ich das zusätzliche Einkommen von monatlich dreissig Mark bei der Rentenversicherung melden müssen. Was ich nicht tat, jedoch eine hinterfotzige Nachbarin. Sie hatte ganz scheinheilig meine Kinder ausgefragt, wo denn die Mutti allmorgendlich hingehe, wenn sie in der Schule seien. Dank der rechtlichen Beratung durch den VdK ging die Sache glimpflich aus. Den Kindern legte ich ans Herz, der Nachbarin aus dem Weg zu gehen. Sie taten das Gegenteil, stellten sich ihr zu dritt in den Weg und streckten ihr die Zunge raus.

Später hatte ich das Glück, meinen zweiten Mann kennen zu lernen. Es waren zehn schöne Jahre bis zu seinem Motorradunfall, der ihn zu einem Pflegefall machte. Er war stets der unerschrockene Selfmade-Man und Versorger der Familie gewesen, der weder Mitleid noch Unterstützung annehmen wollte. Und dann plötzlich als hilfloser Pflegefall war von einem Tag auf den anderen nichts mehr wie es war. Nun war ich die Versorgerin für ihn. Das bedeutete einen langen und mühsamen Lernprozess auf beiden Seiten, der immer wieder von Verzweiflung, Wut und Hadern mit dem Schicksal torpediert wurde. Die Krankheit veränderte die Persönlichkeit meines Mannes vollkommen. Er wurde gereizt, aggressiv und depressiv. Und ich sah mit Schrecken, dass er den gleichen Weg ging, wie dereinst einer meiner Brüder, der nach zehn Jahren in russischer Kriegsgefangenschaft als ein seelisches Wrack nach Hause kam, eine zerstörte, zutiefst depressive Persönlichkeit. Er war nicht mehr der Mann, den wir gekannt hatten. Vernichtet für immer seine Fröhlichkeit, sein Humor, seine Zuversicht, seine Tatkraft. Das hatte der verdammte Krieg aus ihm gemacht. Was hätten Friedenszeiten, eine Familie mit Frau und Kindern, ein mit Freude ausgeübter Beruf Wunderbares aus ihm machen können. Es ist wohl so: Der Mensch wird zu dem, was die Lebensumstände aus ihm und seinen Genen machen. So viele meiner Generation laborieren noch immer an den Spuren, die die Kriegsauswirkungen bei ihnen hinterlassen haben. Oft habe ich mich nach dem Krieg gefragt, als die Wahrheit nach und nach ans Licht kam über die unsäglichen Gräueltaten, die der jüdischen Bevölkerung, den Polen, den Russen und so vielen anderen angetan worden waren, wie die Überlebenden den Tätern jemals vergeben können. Ich glaube nicht, dass ich dazu in der Lage wäre, wenn sie meine Kinder, Eltern, Ehemann, Geschwister, Großeltern umgebracht hätten.

Ich erinnere mich an eine Begebenheit im eiskalten Winter 1944. Wir wohnten damals in einer Kleinstadt in Schlesien. Vor unserer Haustür führten ausgemergelte jüdische Gefangene in dünner Sträflingskleidung Straßenarbeiten durch. Meine Mutter stand am Fenster und schüttelte verständnislos den Kopf: „Die armen Kerle sind ja ganz verhungert! In der Eiseskälte!" Sie überlegte nicht lange, packte die Reste von den Bratkartoffeln und ein paar Scheiben Brot mit Leberwurst in zwei kleine Papiertüten und versteckte sie im Vorgarten in einem Waschzuber. Auf ihrem Weg zum Einkaufen flüsterte sie einem der Strafgefangenen heimlich im Vorbeigehen das Versteck zu, so dass der Aufpasser es nicht mitbekam. Der jüdische Mann blickte sie ungläubig an, dann drückte er ihr stumm die Hand. Von da an versteckten wir täglich kleine Essenspäckchen im Garten. Wir mussten vorsichtig sein, damit der Gauleiter, ein strammer Nazi, der in unserem Haus wohnte, nicht Wind davon bekam. Als mein Onkel davon erfuhr, zeterte er: „Um Himmels Willen! Seid Ihr lebensmüde? Essen an Juden zu verteilen, kann euch ins KZ bringen!"

Meine Mutter ließ sich davon nicht einschüchtern und verteilte weiter ihre Essensrationen. Es brachte sie nicht ins KZ, den jüdischen Gefangenen hat es allerdings auch nicht das Leben gerettet. Von den Deportationen der Juden in die Vernichtungslager wussten wir damals noch nichts. Und diejenigen, die davon hinter vorgehaltener Hand gehört hatten, wollten es nicht glauben. Die Vorstellung war zu ungeheuerlich, als dass wir das glauben konnten, noch wollten.

Einige Tage später beobachteten wir, wie die Frau des Gauleiters den jüdischen Strafgefangenen ebenfalls heimlich kleine Essenspäckchen aus dem Fenster heraus zuwarf.

Meine Kinder haben mich später gefragt, wieso wir, wieso ein ganzes Volk nicht vor Empörung aufgeschrieen haben angesichts der Naziverbrechen? Das habe ich mich später auch oft gefragt. Wie konnte es geschehen, dass ein einziger irrer Fanatiker gemeinsam mit seinen gefühlsvergifteten Co-Fanatikern einen ganzen Kontinent in Brand setzen konnte, und ein humanistischer Musterknabe wie Jesus diesen Supergau nicht verhindern konnte.

Ach, ihr jungen spätgeborenen Glückspilze, es mag euch schwer fallen zu begreifen, wie vielen Menschen meiner Generation die Nazipropaganda das Gehirn teuflisch berauscht und das Gewissen narkotisiert hatte. Zudem lebten wir in einer Diktatur und hatten riesengroße Angst vor Strafe, Folter und Tod. Und wir waren keine Helden. Als der Krieg und der ganze schreckliche Wahnsinn endlich vorbei waren, als Deutschland in Schutt und Asche lag, da brauchten wir all unsere Kräfte, um weiterzuleben, ohne Brot, ohne Kohlen, ohne Medikamente, ohne alles. Die Kinder hatten keine Schuhe, aus alten Autoreifen schnitt ich Sohlen zurecht und strickte Strümpfe daran. Im Winter flochten wir Strohschuhe, im Sommer gingen die Kinder barfuß. Die Nachkriegsjahre waren ein täglicher Kampf ums Überleben. Später wagte ich die Flucht aus der DDR in den Westen. Wieder bei Null anfangen, abstrampeln, aber es war die Zeit des Wirtschaftswunders, geprägt von Zuversicht und Lebensfreude. Es ging aufwärts, die zerbombten Städte wurden wieder aufgebaut. Ein bescheidener Wohlstand war erreicht, als ich unseren ersten Fernseher kaufte. Später fuhr ich mit meinem zweiten Mann und den Kindern zum ersten Mal für eine Woche in Urlaub an die Nordsee. Schön war´s, bis zu dem Tag seines Unfalls. Seine jahrelange Pflege brachte mich an die Grenzen der Belastbarkeit. Doch ich bin heute noch dankbar für all seine Liebe und die schönen Jahre, von denen ich noch lange zehren konnte. Doch irgendwann waren meine Akkus leer, ich war Tag und Nacht nur noch Krankenschwester, und er lebte immer mehr in seiner Welt des Dahindämmerns, zu der ich keinen Zutritt mehr fand.

Nach einer kurzen Beziehung zu einem Kurschatten stellte ich ernüchtert fest, mit welch einem famosen Mannsbild ich all die Jahre verheiratet gewesen war, seine Krankheit mal ausgeblendet, und ich fand die Kraft, ihn weiter zu betreuen bis zu seinem Tod.

Einer lieben Freundin von mir kam nach Jahren verzweifelten Festhaltens an ihrer Ehe schließlich doch noch die Erleuchtung, dass sie Jahre ihres Lebens mit einem widerlichen Hanswurst vergeudet hatte.

Eine andere Freundin war mit 57 Jahren an Krebs gestorben. Ich erinnere mich an die Todesanzeige, mit der der trauernde Witwer alle Welt wissen ließ: „Sie war meine einzige große Liebe, ich werde sie unendlich vermissen". Ja, Hallodri! Jahrelang hatte er seine große Liebe mit einer Jüngeren betrogen. Ob meine Freundin über den Kummer seines Fremdgehens erkrankte, weiß keiner zu sagen, oder ob er fremdging wegen ihrer Erkrankung. Wenn der Körper der Frau verwelkt, verwelkt nicht selten auch das Begehren des

Mannes (an der Verwelkten). Da kann dann jüngeres Blut sein Begehren wieder spriessen lassen. Tja, so unromantisch kann sie sein, die Liebe.

In meiner Generation galt eine Frau nur etwas, wenn sie verheiratet war, sich den richtigen Mann mit hohem beruflichem Ansehen und Einkommen geangelt hatte. Ein Frauenleben definierte sich in erster Linie über die berufliche Position des Herrn Gemahl. Puh, das war mir stets ein Gräuel! Zur Gattin verdammt auf Gedeih und Verderb. Aber es gab nur diese Einbahnstraße: Heiraten, Kinder, Küche, Ehrenamt, vorzugsweise im pflegerischen Bereich, und Abhängigkeit bis dass der Tod uns scheidet. Das wurde uns von Kindesbeinen an gepredigt, und wir waren durch unsere Ursprungsfamilien in unserer Partnerwahl bereits vorprogrammiert, wie ein Kerl zu sein hatte. Wem dann die große seligmachende Liebe begegnete, konnte von Glück sagen, wenn es in den Augen der Eltern der Richtige war. Was einem als Kind mit Liebe oder Strenge von den Alphatieren eingetrichtert wird an Moral, Weltsicht, Geschlechterrolle, Religion, das bleibt haften fürs Leben.

Das Positive wie auch das Negative. Wer in der Kindheit an Liebe und Zuwendung zu kurz gekommen ist, für den ist offensichtlich der beste Rettungsanker Zuwendung und Verständnis. Runtergeputzt wurde er im Leben schon zu oft. Diejenigen freilich, die mit endloser Liebe und Nachsicht verwöhnt wurden, brauchen eher mal jemanden, der Tacheles mit ihnen redet, um sie in der Spur zu halten. Sie können Kritik besser verkraften.

Ich frage mich, ob ich mir immer den gleichen Typ Mann ausgesucht habe, für den ich das brave, gute Frauchen spielte. Oder umgekehrt, die Männer immer eine wie mich, deren Gefügigkeit sie in ihrem männlichen Verständnis ge- und bestärkte. Aber wehe, ich wagte es mal, ihnen meine Zuwendung zu entziehen, dann trieb die Verärgerung des Göttergatten die seltsamsten Blüten: Nörgelei, ungerechtfertigte Kritik, Angeberei.

Vielleicht ist das Rezept für eine lange und gute Ehe gar nicht so sehr die tatsächliche Beschaffenheit der Partnerschaft, sondern beruht auf der Fähigkeit, sich immer wieder das Positive der Beziehung vor Augen zu führen, gerne auch überzubewerten und die Negativ-Anteile verklärend zu übersehen. Es kommt, wie meist im Leben, eben auf die eigene Sicht der Dinge an. Der Blick auf das Schöne hält den Frust klein. Den Partner mit liebenden Augen zu sehen ist eine recht hilfreiche Augenwischerei.

Was hat mir nun das ganze weitschweifige Philosophieren über die ewige Melodie d`Amour genützt? Klüger bin ich nicht geworden. Ich mag´s kaum zugeben, in der Blüte meines 85. Lebensjahres habe ich das Interesse an einem männlichen Wesen neu entdeckt. Vor zwei Wochen ist er, der Auserkorene, auf meiner Etage eingezogen. Es ist mein ehemaliger Nachbar Hermann (kein Pseudonym, der heißt wirklich so; der einzige Name, den ich mir gemerkt habe, habe merken wollen). Wir kennen uns seit Jahren, waren uns immer sympathisch, unsere Kinder haben miteinander gespielt. Später bin ich umgezogen, und wir haben uns aus den Augen verloren. Vor einem Jahr ist seine Frau gestorben. Er kann schlecht laufen, aber gut erzählen. Will mit mir ins Theater gehen. Ich freue mich. Wir sitzen nach dem Nachmittagskaffee oft noch lange zusammen und plaudern über frühere Zeiten. Meist höre ich zu. Er spricht viel von seiner Frau, sie sitzt quasi mit am Tisch. Sie sei eine sehr gute Frau gewesen, aber sie habe stets zu viel geputzt.

Manchmal ziehen wir uns in die kleine gemütliche Hausbibliothek zurück und hören dort unsere Lieblingsmusik oder stöbern in den Büchern. Hermann besitzt einen sogenannten E-Book-Reader, auf den er sich elektronisch Bücher aus dem Internet herunterladen kann. Man kann damit sogar die Schriftgröße entsprechend dem persönlichen Sehvermögen einstellen. Phänomenal diese moderne Technik!

Gestern kam Herr Piepenbrink (Pseudonym) mit seinem vollgepackten Rollator - Ordner, Schreibzeug, Bücher, Locher, Hefter - in die Bibliothek gekarrt und breitete dort alles akkurat auf dem Couchtisch aus.

„Ich habe mir jetzt hier mein Büro eingerichtet", er-klärte er uns während er geschäftig hin und her eilte, etliche Bücher aus den Bibliotheksregalen nahm und ebenfalls auf seinem *Schreibtisch* platzierte. Schwester Anja, die gerade im Begriff war, die Blumen zu gießen, bat ihn freundlich: „Darf ich denn mal durch Ihr Büro zum Blumengießen ans Fenster?" Er gab ihr großzügig den Weg frei, und sie ließ ihn gewähren, den emsigen Narr.

Es gab mir einen Stich ins Herz, dieses makabre Spiel mit anzusehen. Ungeachtet der Tatsache, dass ihm aufgrund der Demenz sein Verantwortungsbereich und das Recht auf Selbstbestimmung entglitten waren, hatte er sich sein Büro hierher auf unser Narrenschiff gerettet. In einer Zeitschrift hatte ich kürzlich einen Artikel gelesen, dass es eine tiefe Verletzung für ältere Menschen bedeute, wenn ihnen niemand mehr etwas zutraue und sie bevormundet würden. Wieviel Energie und Herzblut muss Piepenbrink früher in seinen Be-ruf investiert haben, dass er ihn nicht loslassen kann. Ora et labora, bete und arbeite, das war auch stets das Lebensmotto meines Großvaters gewesen, damit hatte er uns schon von Kindesbeinen an belehrt. Und die Botschaft saß, ein Leben lang.

Heute habe ich im Heimbeirat vorgeschlagen, dass wir uns doch alle hier im Heim untereinander duzen oder uns zumindest mit dem Vornamen ansprechen könnten. Wäre doch viel familiärer. Frau STD erklärte mir, das sei zu distanzlos. Meinen Vorschlag hinsichtlich einer Uniform für alle Bewohner, von der Unterwäsche bis zum Bademantel, habe ich dann erst gar nicht mehr vorgebracht.

Großes Thema bei der heutigen Sitzung waren die gestiegenen Kosten für die Heimunterbringung und die Verpflegung. Mit den monatlich vierhundert Euro für meine Ernährung finanziere ich zweifellos die täglichen Eichhörnchen-Aktionen meines Tischnachbarn mit, der regelmäßig vom Frühstücks- und Abendbrottisch Wurst, Käse, Brot, Marmeladenportionsdöschen und sonstige Schmankerl in seinen diversen kleinen Plastikdosen hamstert und nach den Mahlzeiten in sein Zimmer transportiert, wo sie dann gehortet werden, angeblich auch unter der Matratze, bis sie verschimmeln. Vielleicht liegt es an seinem nie überwundenen Kriegshunger-Hamstertrieb, der im Alter recht bizarre Züge annimmt.

Die schriftlichen, meist anonymen Beschwerden aus dem Kummerkasten, wurden diskutiert. Es handelte sich überwiegend um Klagen hinsichtlich des Essens. Die Brötchen nicht kross genug, die gekochten Eier zu heiß, lassen sich nicht pellen, Käsesorten taugen allesamt nichts, Bratwurst zu trocken, Rippchen zu hart, Kartoffelpüree schmeckt nach nichts, die Eintöpfe zu stark gewürzt, Marmelade stets zu wenig (logisch, verstecken unsere Pappenheimer ja auch regelmäßig unter der Matratze). Die Kohlrouladen seien allerdings sehr lecker gewesen. Na endlich mal was Positives, atmete unsere resolute Küchenfee auf. Doch der Dämpfer folgte umgehend: die Kohlblätter seien zu hart gewesen. Sie notierte geduldig alle Beschwerden und gab sich Mühe, gelassen zu bleiben.

Und ich dachte nur (anstatt es laut zu sagen, feige wie ich bin): Mann, o Mann, wenn sie erst mal ins Gras beißen, diese notorischen Meckerfritzen, werden sie sich wundern, wie wenig ihnen das schmeckt und sich jede noch so eklige Bohnensuppe zurückwünschen.

In einem Beschwerdebrief aus dem Kummerkasten beklagte sich eine Bewohnerin, dass die spielsüchtige Frau X. ständig das Ehepaar Y. zum Spielen auffordere, regelrecht nötige, und dass Frau Y. bis zur Ermüdung spielen müsse. Als sie Frau X. daraufhin angesprochen hätte, habe diese äußerst unflätig geantwortet, dass dies dreckige Lügen seien, die diese Zimtzicke (so die Titulierung für die Beschwerdebriefschreiberin) über sie verbreite, da sie bloß neidisch sei, dass sie nicht zum Mitspielen eingeladen worden sei.

Woraufhin die Zimtzicke nun schriftlich beim Heimbeirat den ausgebufften Vorschlag einreichte, ab sofort jede Woche Spieleturniere im Gemeinschaftsraum zu veranstalten mit etwas anspruchsvolleren Spielen als Mensch-ärger-dich-nicht, zum Beispiel Canasta oder Schach. Alles Spiele, die Frau X. nicht beherrscht.

Kindergarten-Gang! Schubst du mich, bespuck ich dich! Im Protokoll zur Heimbeiratssitzung las sich das dann so: Von Bewohnerseite wurde der Vorschlag gemacht, öfters Spieleturniere anzuberaumen.

Der Vorschlag zu einer Busfahrt ins Grüne mit allen noch halbwegs mobilen Bewohnern und nachmittäglichem Kaffeetrinken in einem Café fand rundum freudige Zustimmung.

Weiterhin wurde angekündigt, dass nächsten Monat der Schuhverkauf im Haus wieder anstünde. Dieser erfolgt jeweils an einem Nachmittag im Frühjahr und Herbst. Dann baut ein fliegender Händler im Gemeinschaftsraum seine Regale mit altersgerechtem Schuhwerk auf und hofft auf ein florierendes Geschäft.

Abschließende Frage der Heimbeiratsvorsitzenden: „Wer hat noch etwas auf dem Herzen?"

Frau Etepetete (Pseudonym) an Frau Schluse (Pseudonym) gewandt: „Ilse, ist das Problem mit deinem Bauch-weg-Korsett jetzt geklärt?" Frau Schluse waren etliche Miederhöschen in der Wäscherei abhanden gekommen.

Die Sitzung wurde geschlossen, das Korsett-Problem blieb ungelöst.

*I*ch ertappe mich immer öfter dabei, dass ich über alles mögliche lästern möchte. Ich will versuchen, mir das zu verkneifen. Wer weiß, wie absurd sich mein Denken und Verhalten mit der Zeit noch entwickeln mag. Das Gefühl, für niemanden mehr wichtig und für die längst flügge gewordenen lieben Kleinen nicht mehr die Größte zu sein, lässt mich gern mal die gekränkte Leberwurst spielen. Der Selbstwert wird brüchiger und der Wunsch nach Streicheleinheiten größer.

Vor Jahren habe ich oft eine verschrobene Alte im Park beobachtet, die tagtäglich bei Wind und Wetter auf einer Bank saß und mit Unmengen altem Brot die Tauben, Enten und Schwäne schier zu Tode fütterte. Sie sprach zu ihren gefiederten Freunden als wären es Menschen. Als sie von einem Spaziergänger angesprochen wurde, Entenbrot mache Enten tot, rastete sie aus und beschimpfte ihn aufs übelste. Wahrscheinlich aus der Angst heraus, dass ihr der letzte verbliebene Lebenssinn streitig gemacht werden könnte. Die Tiere waren ihr einziger sozialer Kontakt. „Vögel geben keine Widerworte", hörte ich sie zu den Tauben sagen. Arme alte Frau.

Am Nachmittag kam Frau Goldmarie (Pseudonym), ein Ausbund an Güte, Freundlichkeit und Bescheidenheit, zu mir ins Zimmer und war ganz aufgelöst. Sie habe von der Pflegerin einen heftigen Verweis bekommen, weil sie Frau Dingsbums zur Toilette begleitet habe, die das doch allein nicht mehr schaffe. Warum man sie denn gleich so anschnauze. Ich habe sie getröstet: „Lassen Sie die doch meckern so viel sie wollen. Vielleicht hat Schwester Serafin heute mal wieder einen schlechten Tag. Nicht ärgern, nur wundern, Frau ...äh." Um ein Haar hätte ich Goldmarie gesagt.

Frau Rockefeller (Pseudonym), die uns alle gern über ihre berufliche Karriere als ehemalige Kaufhaus-Managerin belehrt, äußerte sich kürzlich abwertend über Frauen, die ehrenamtlich arbeiten. „Ph! Ehrenamt! Das machen doch nur Frauen, die sich keinen bezahlten Job zutrauen. Die wollen für ihre Dienste am Nächsten gelobt und geliebt werden. Ich wurde nicht geliebt für das was ich tat, sondern fürstlich bezahlt."

Darum kann sie sich auch schon seit Jahren die teure Heimunterbringung leisten, dachte ich. Die einen, vorwiegend Männer, gehen im Rentenalter Golfspielen oder auf Kreuzfahrt, die anderen, vorwiegend Frauen und Nicht-Gattinnen, gehen putzen.

Frau Gutmensch (Pseudonym), die sich gemäß ihren Schilderungen, ihr Leben lang unermüdlich als Ehrenamtlerin aufgeopfert habe, konterte giftig: „Sie haben ja noch nicht mal ein Kind groß gezogen. Das ist eine Leistung, die honoriert gehört!"

Sie fetzen sich tagein tagaus voller Leidenschaft, wo immer sich die Gelegenheit bietet, keine will den Standpunkt der anderen respektieren. Aus jeder Bemerkung der anderen wird eine Aggression herausgelesen. Das gekränkte Ego schießt zurück, wie allüberall und alltäglich. In Familien, in Schulen, am Arbeitsplatz, in der Politik und nicht zuletzt im Altersheim. Mal offen, mal hinter vorgehaltener Hand, mal aggressiv, mal intrigierend.

Frau Gutmensch berichtete aus ihrem kirchlichen Gemeindeleben: „Wir müssen uns die Kirche mit den Polen teilen." Eine Tischnachbarin wagte zu bemerken: „Ja, die Polen sind sehr religiös." Sofort ereiferte sich Frau Rockefeller: „Das sind auch keine besseren Katholiken als wir Deutschen."

Ich hatte schon öfters mitbekommen, dass sie sich abwertend über unsere ausländischen Pflegerinnen äußerte: *Die können ja noch nicht mal richtig Deutsch.*"

„Klar können die das, jedenfalls besser als Sie Polnisch", hatte ich sie provoziert.

„Wir sind hier schließlich in Deutschland", konterte sie aufgebracht. Ihre Ausländerfeindlichkeit war nicht zu überhören.

Diese Angst vor Überfremdung scheint in vielen Ländern und Köpfen latent vorhanden zu sein. In Deutschland ist es die Angst vor zu vielen Muslimen und Schwarzafrikanern, in der Schweiz vor zu vielen Deutschen, in Italien vor den Flüchtlingen aus Nordafrika. Sie wissen halt nicht, wie es sich anfühlt, unerwünscht zu sein, abgelehnt und ausgegrenzt zu werden. Meine Kinder haben es in den Fünfzigerjahren am eigenen Leib zu spüren bekommen, was es heißt, als protestantisches Ostzonenflüchtlingskind in einer Schule zu landen, in der die Klassen streng nach Konfessionen getrennt waren, sogar der Schulhof, auf dem die überwiegend katholischen Schüler das Sagen hatten. Die Hänseleien und Prügeleien waren konfessionsgesteuert. Die Einheimischen schauten geringschätzig auf die Flüchtlinge herab, die Katholiken machten Stimmung gegen die zugezogenen Protestanten und umgekehrt. Mit den Jahren hat sich das Feindbild verändert, jetzt schauen sie gemeinsam in friedlicher Ökumene auf die Osteuropäer herab, diese wiederum auf die Schwarzafrikaner. So sucht sich jeder seinen Underdog, der ihm hilft, sich selbst zu erhöhen und besser zu fühlen.

Das Gefühl, nicht erwünscht zu sein, kann ebenso aggressiv machen, wie das Gefühl, überfremdet zu werden.

Was würden wohl Jesus, oder Buddha, Mahatma Gandhi, Martin Luther King, und wie sie alle heißen, die lieben guten Kerle, zu all dem Kleinkrieg hier auf Erden sagen? Wie sähe die Welt aus, wenn die Frauen das Ruder übernommen hätten zum Beispiel für Rüstungsstopp, Religionsfrieden, Finanzmarktregulierung, Gerechtigkeit, Umweltschutz? Gäbe es dann womöglich weltweit Zickenalarm? Wäre das Automobil erfunden, die Atombombe gebaut worden, die Mondlandung erfolgt, Fernseher und Computer ertüftelt worden? Wie sähe es mit dem medizinischen Fortschritt aus? Wären Impfstoffe gegen Kinderlähmung und Masern gefunden, das menschliche Genom entschlüsselt worden? Nun gut, die Erfindung des Kinderwagens, Fahrrades, der Waschmaschine und des Staubsaugers hätten wir Frauen garantiert auch hinbekommen. Aber Kriege mit Millionen Toten hätten wir garantiert nicht verbrochen. Wir Weibsleute schiessen uns lieber auf die verbalen Kleinkriege im trauten Heim oder am Arbeitsplatz ein, vergraulen unliebsame Konkurrentinnen mit hartnäckiger Stutenbissigkeit, machen uns lustig über eingeschnappte Zimperliesen und dümmliche, attraktive Tussis (attraktiver als wir selbst), gern auch über störrische Ehemänner, die uns im Haushalt nicht genug unterstützen, und wenn sie uns dann helfen, meckern wir, dass sie es zu schludrig oder falsch machen.

Aber Kriege mit Toten? Nein, niemals! So weit würden wir Frauen nicht gehen.

Meine Kinder haben nur ein mitleidiges Lächeln übrig für die antiquierten Probleme mit unterschiedlichen Konfessionen und dem ganzen moralischen Firlefanz. Als ich ihnen das Schauermärchen erzählte von der Moraldressur, die meine Cousine als Kind in einem katholischen Waisenhaus mit Ordensschwestern erlebt hatte, schüttelten sie nur ungläubig den Kopf und spotteten über finstere Mittelaltermethoden.

Diese Cousine Emmy musste als neunjähriges Mädchen zur Strafe stundenlang im kalten Zimmer vor ihrem Bett knien, weil sie ihre Hände unter die Bettdecke gesteckt hatte und sich nach Auffassung der Schlafsaal-Nonne angeblich unzüchtig berührt habe. Die kleine Emmy hatte keine Ahnung, was mit unsittlich berühren gemeint war und war völlig verstört. Dennoch fasste sie sich am nächsten Tag ein Herz und wagte sich ins Zimmer der Waisenhaus-Oberin, um ihr den Vorfall zu schildern. Diese beruhigte das aufgewühlte Kind, erklärte, die Schlafsaal-Nonne habe ihr Unrecht getan, und schenkte ihr als Wiedergutmachung eine Tafel Schokolade. Damit konnte Emmy leben, dass das Unrecht als solches benannt wurde, und ihre Vorstellungen von gut und böse wieder zurechtgerückt wurden. Gut gemacht, Frau Oberin.

Eigentlich ist das Grundgepäck des christlichen Glaubens ja ein ganz fantastisches, es braucht nur endlich mal eine neue, zeitgemäße Verpackung.

In einem Buch von Alice Miller hatte ich mal gelesen, dass ein Kind, dem Unrecht widerfahren ist, einen wissenden Zeugen braucht, der dem Kind die Schuldgefühle nimmt, damit das Kind von dem Schuld- und dem daraus resultierendem Schamgefühl befreit wird.

Gestern hatte ich einen Termin bei meinem Hausarzt. Mein Rücken bereitete mir mal wieder heftige Schmerzen. Bei Rückenschmerzen spielt oft die Psyche eine große Rolle, erklärte ich dem Arzt. Auch das seelische Befinden trage dazu bei, ob der Körper grünes Licht gibt für die Entstehung von Krankheiten oder aber fürs Gesundbleiben. Nun ja, der Doc hat mich zumindest ausreden lassen. Und mir dann ein Schmerzmittel verschrieben.

Heute habe ich den Melancholischen. Habe mich in mein Zimmer verkrochen und bin auch nicht zum Mittagessen gegangen. Schließlich begann ich, meine Stimmung an einem Gedicht abzuarbeiten. Zum Schluss war ich mit meinem Werk hoch zufrieden, und mir ging es gleich viel besser. Ich werde vorschlagen, es in der Heimzeitung zu veröffentlichen.

Du gehst durch Nebel und siehst nirgendwo ein Licht,
Du ahnst die Sonne nur, die aufgehend schon verlischt.
Du gehst durch graue Wälder, denen Leben fehlt,
denn jeder Herbst lässt neu die Welt ersterben.

Ein solcher Herbst ist auch in deinem Herzen,
und was dir bleibt ist die Erinnerung
an einen längst vergangnen Sommer.

Verwelkte Blätter fallen dir zu Füssen,
die raschelnd du zertrittst.
Sie waren grün, als du noch glücklich warst,
jetzt sind sie tot, so wie dein Herz, das nie versteht,
dass jeder Sommer einmal enden muss.

Ich staune immer wieder, wie viele Leute heutzutage ihren Lebensunterhalt mit Beratung verdienen. Zum Beispiel drei meiner sieben Enkel. Auf Neudeutsch nennt man es Coaching, haben sie mich aufgeklärt. Da gibt es Unternehmensberatung, Typberatung, Erziehungsberatung, Partnerschafts-, Fitness-, Ernährungs-, Berufsberatung, zudem Ordnungs-, Wohnraum-, Stressbewältigungs-Beratung. Wie konnte meine Generation bloß überleben ohne jegliches Coaching? Ist die Welt wirklich so komplex geworden? Okay, komplexer als mein kleiner Kosmos hier im Heim allemal. Aber mein (ich behaupte mal: noch) gesunder Menschenverstand, sagt mir: Wer fit sein will, muss Sport treiben. Wer abnehmen will, muss weniger essen. Wer unordentlich ist, muss aufräumen. Kommen die Menschen denn nicht mehr von selbst auf diese einfachen und logischen Antworten? Wahrscheinlich ist das aus meiner schlichten Alterssicht alles zu einfach. Oder verdient man mit Beratung einfach nur gut Geld?

Eigentlich bin ich heilfroh, dass ich mich nicht mehr mit den verwirrend vielen Neuerungen der heutigen Zeit zurechtfinden muss, den enorm hohen beruflichen Anforderungen, der unüberschaubaren Technik im Alltagsleben, der enormen Auswahl an Konsumgütern.

Wenn ich hin und wieder in der Stadt durch die riesige Buchhandlung schlendere, bin ich immer ganz erschlagen von den unzähligen Ratgebern, die es für alle anscheinend noch unbeantworteten Fragen unseres seelischen Universums gibt, für jedwede Gefühlslage eines jedweden Individuums. Zum Thema Trennung, Scheidung, Partnerschaft, Trauer, Depression, Zappel-

philipp, Versagensangst, Familienaufstellung, Streit-
sucht, Harmoniesucht, Ess-Brechsucht, Drogensucht,
Nikotinsucht, Alkoholsucht. Mir wird ganz schwindlig
bei all dieser Problematik der Menschheit. Ein Buch-
titel von Dale Carnegie fiel mir besonders ins Auge:
„Sorge dich nicht, lebe". Das praktiziere ich schon seit
mehr als achtzig Jahren, ohne Anleitung und mit schönen Teilerfolgen, auch wenn's in den letzten Jahren
nicht mehr ganz so gut damit klappt.

Ach, da lob ich mir doch die sechziger Jahre, da war
das Leben so überschaubar und wunderbar einfach.
Was wir über Liebe und Sex wissen wollten, lehrte uns
Oswalt Kolle in seinem Buch und Film „Das Wunder
der Liebe". Mit Psychologie wusste kaum jemand etwas anzufangen, und Kindererziehung erfolgte nach
elterlichem Gutdünken und Geheiß, manchmal freilich mit katastrophalem Ergebnis.

Das Coachen mag ja hilfreich sein bei dem einen
oder anderen Problem, aber ich glaube, die jeweils
angediehene seelische Befindlichkeit sitzt meist fest
fürs ganze Leben. Wie sagte schon der kluge Gotthold
Ephraim Lessing im 18. Jahrhundert?

*Der Aberglaube, in dem wir aufgewachsen, verliert,
auch wenn wir ihn erkennen, darum doch seine Macht
nicht über uns.*

Recht hatte er.

Man kann noch so weit fliehen, man nimmt sich
immer selbst mit. Die einen schaffen es, in der Fremde
Fuß zu fassen und sich nicht unterkriegen zu lassen,
und andere halten die Belastungen des Entwurzeltseins
nicht aus. Wer selbst mal Flüchtling war wie ich, kann
sich in die Sorgen und Existenzängste der Menschen

hineinversetzen. Nicht erwünscht zu sein, Mensch zweiter Klasse zu sein, ist eine sehr, sehr schmerzliche Erfahrung. Das vielzitierte Ankommen in der neuen Heimat ist doch immer erst mal ein Ankommen bei den Menschen, den Nachbarn, Kollegen, Ärzten, Mitarbeitern in Beratungsstellen und Administrationen. Die Rückendeckung in der eigenen Community kann da sehr hilfreich und tröstlich sein.

Die Herausforderung an uns alle lautet, den Fremden zu respektieren und in unsere Mitte zu lassen. Nicht nur als Klofrau oder Straßenfeger. Es sind ja stets die Mutigen und Aufgeschlossenen, die aufbrechen zu neuen Ufern, die die Welt verändern, die die Ideologien auf den Kopf stellen, die Religion neu erfinden, altüberlieferte Kindheitsprogrammierungen in Kopf und Herz kritisch hinterfragen und dennoch die alten und bekömmlichen Traditionen nicht gänzlich abschreiben. Neuland kann auch ganz schön verunsichern. Manch einem hilft es dann, das Fremde mies zu machen, das heimatlich Vertraute zu verklären. Das ging uns Deutschen nicht anders nach der Wende. Die Besser-Wessies spielten sich auf, die Ossies fühlten sich abgewertet. Aber wir haben sie dennoch hinbekommen, unsere phänomenale Wiedervereinigung.

Meine herzallerliebsten Kinder, Enkel und Urenkel, ich wünsche euch, dass ihr immer in Frieden leben könnt, voller Zuversicht (früher nannte man es Gottvertrauen) und in gesunder Bescheidenheit. Trotz meines Alters bin ich immer noch neugierig auf die Welt von morgen, eure Welt. Wie wird sie aussehen? Ich male mir gedanklich gerne aus, dass Kriege, Hunger, Folter, Unterdrückung und alle Grausamkeiten, die

Menschen einander antun und zu meinen Lebzeiten noch täglich die Nachrichten füllen, von euren Kindern dereinst als mittelalterliche Ungeheuerlichkeiten in die Geschichtsbücher verbannt werden können. Vielleicht und hoffentlich ist es eine Welt, die keine Feindseligkeiten zwischen Völkern und Religionen mehr kennt, die keinen Gott mehr bemühen muss, der unermüdlich verkünden muss, dass Menschen Liebe und gegenseitiges Verständnis brauchen, Gerechtigkeit, Meinungsfreiheit, dass allen Kinder ihre Bedürfnisse nach Liebe, Geborgenheit, Schutz und Bildung erfüllt werden müssen. Dann wären wir dem Weltfrieden schon ein gutes Stück näher.

Morgen habe ich Geburtstag. Zeit, Rückschau zu halten, was wirklich wichtig war in meinem 85-jährigen Leben. Was hat mich geprägt, was ausgebremst? Was war der Sinn allen Strebens? Was machen Menschen wie ich im Angesicht des Todes, die nicht an ein Weiterleben nach dem Tod in irgendeinem ominösen Paradies glauben? Uns bleibt eigentlich nur, uns das Ende schönzusaufen. Oder Antidepressiva.

Manchmal traut man sich im Leben, Dinge zu tun, die man später oder erst im Alter bereut. Aber am meisten bereue ich das, was ich mich *nicht* getraut habe zu tun, die verpassten Chancen, für die einem der Mut fehlte aus Angst, aus Vernunftgründen oder Kleingeisterei.

Wirklich wichtig sind doch nur die Menschen, die uns auf unserem Weg begleitet haben, die unseren Weg gekreuzt haben, die sich uns in den Weg gestellt haben, die uns vom Weg abgedrängt haben. Meine Kinder, meine Ehe- und Lebenspartner, meine Eltern und Geschwister, die Großeltern, die Freunde, die Kolleginnen und Kollegen. Sie alle haben mitgestrickt an meiner Lebensgeschichte, so wie auch die Lebensumstände.

An einen Tag in meinem Leben werde ich mich immer erinnern. Der 1. September 1939 mit der knappen unheildrohenden Rundfunkmeldung: „Seit fünf Uhr fünfundfünfzig wird jetzt zurückgeschossen." Dieser eine Satz ließ uns allen vor Entsetzen den Atem stocken. Krieg! Aus und vorbei mit Alice im Wunderland. Das Paradies war geschlossen, für immer. Damals ahnten wir nicht im Entferntesten, welch grauenhafte

Apokalypse uns allen, dem ganzen Kontinent, noch bevorstand. Und alles nur, weil ein besessener Diktator glaubte, seine persönlichen traumatischen Erlebnisse, seine Ohnmachtsgefühle und sein nicht verarbeitetes Gefühlschaos mit narzisstischem Größenwahn kompensieren zu müssen. All das Leid und Grauen, das folgte, will ich nicht mehr erinnern, habe die traumatischen Erlebnisse jahrelang mühsam und mit großer Kraftanstrengung verdrängt, um überleben zu können.

Nach dem Krieg wurden die Frauen meiner Generation zu tapferen Trümmerfrauen umfunktioniert. Wir haben uns abgerackert bis zum Umfallen, um unsere Kinder in dem zerbombten und verwüsteten Deutschland durchzubringen. Unser Tag begann mit der Sorge, wie wir die Kinder halbwegs satt bekommen können und endete damit. Wir fuhren im Morgengrauen in den Wald, um heimlich Bäume zu schlagen als Brennmaterial. Wir tauschten auf dem Schwarzmarkt das letzte Tafelsilber gegen ein Stück Speck ein und versuchten verzweifelt, Medikamente aufzutreiben für die erkrankten Kinder. Es war die elendeste Zeit meines Lebens, und dennoch konnten wir uns glücklich schätzen, dass wir den Krieg überlebt hatten. Frieden, endlich Frieden! Wir wollten nur noch nach vorne schauen. Der Blick zurück war zu schmerzlich und entsetzlich, unser Überlebenskampf erforderte sämtliche verbliebene Energie.

Doch was kam danach? Ein erneuter Unrechtsstaat, nun unter kommunistischer Flagge in der damaligen Ostzone. Nach einigen Jahren des Abwartens auf ein Leben endlich in Frieden und Freiheit schwanden nach dem blutig niedergeschlagenen Volksaufstand am 17. Juni 1953 endgültig die letzten Hoffnungen. Mein Entschluss zur Flucht aus der DDR stand fest, in diesem Staat sollten meine Kinder nicht aufwachsen. Zudem verhießen die Berichte und Pakete aus dem goldenen Westen politisch und materiell Freiheit und Wohlstand. 1956 gelang uns die Flucht.

Nach dem Mauerbau in Berlin 1961 erschien es für mich unmöglich, jemals wieder die Heimat besuchen zu können, ohne Gefahr zu laufen, als ehemalige Republikflüchtige im DDR-Gefängnis zu landen. Keiner hätte damals auch nur einen Pfifferling darauf gewettet, dass Deutschland eines Tages wiedervereint sein würde.

Und heute greift man sich an den Kopf, wie sich solch ein brutales und absurdes Staatsgebilde über 40 Jahre halten konnte. Wie viel Geld wurde verpulvert, um den Wahnsinn dieses Überwachungsstaates aufrecht zu erhalten, wie viele Menschenleben wurden geopfert und ruiniert, wie viel Machtgier, brutale Gewalt und Dummheit als sozialistische Errungenschaft verkauft.

Nie werde ich den 9. November 1989 vergessen, als die Grenzen geöffnet wurden und eine ganze Nation zu träumen glaubte. Zur Feier der Wiedervereinigung am 3. Oktober 1990 hatte ich mich aufgemacht nach Berlin, um die großartige Meisterleistung meiner Ossie-Brüder und -Schwestern mitzufeiern. Die ganze Welt hat euch bewundert und bejubelt für diese Heldentat, Ihr unerschrockenen Umstürzler!

So viele Erinnerungen an diese aufregenden Jahre spö-
kern in meinem Kopf herum, von denen ich immer
wieder erzählen möchte, vor allem meinen Kindern,
damit sie nie ihre Wurzeln vergessen. Sie, die dereinst
entwurzelten Flüchtlingskinder hatten es schwer,
wieder Fuß zu fassen in einer völlig fremden Umge-
bung, diese als ihre neue Heimat anzunehmen. Wir
von Krieg und Flucht verstörten Eltern haben unseren
Kindern manch schwere Seelenlast aufgebürdet, das
wurde mir erst viel später klar. Mit meinen Es-war-ein-
mal-Erzählungen gehe ich meinen Kindern jedoch
mittlerweile ganz mächtig auf den Geist. Sie wollen
nichts mehr davon hören, leben im Hier und Heute.
Aber wir Alten möchten doch so gerne angehört und
wichtig genommen werden, kluge Ratschläge erteilen,
auch wenn die keiner mehr hören will, weil sie vielleicht längst überholt sind. Die junge Generation ist
an ihrem eigenen Leben interessiert und damit ausge-
lastet. Und wir Alten sind dankbar, wenn sie uns hin
und wieder – wenn wir Glück haben drei- bis viermal
im Monat – besuchen und uns für eine Stunde ihre
Aufmerksamkeit und Zuneigung schenken und dabei
nicht ständig heimlich auf die Uhr schauen, ob die
Stunde nicht endlich vorbei ist und sie wieder guten
Gewissens in ihr Leben enteilen können. Wer könnte
es ihnen verdenken?

An meinem Geburtstag hatte mich am Nachmittag
meine Tochter abgeholt und zu einem Gartenrestau-
rant chauffiert, wo die ganze Familie auf mich wartete.
Die Enkelkinder hatten einen kleinen Sketch aufge-
führt, den ich leider nicht so recht kapiert habe. Habe
manchmal Mühe, Zusammenhänge schnell genug zu

begreifen, besonders an aufregenden Tagen mit vielen unterschiedlichen Eindrücken. Sie haben mich alle so liebevoll beschenkt mit Parfüm, Bodylotion, wunderschönem Blumengesteck, Pralinen, Morgenrock, Kniebandage, Angora-Nierenschutz. Als sie mich am Abend zurück ins Heim brachten, war ich ganz schön geschafft, aber glücklich über meine lieben und wunderbaren Kinder. Ich klopfte mir gedanklich anerkennend auf die Schulter mit den Worten: Wir haben alle die Kinder, die wir verdienen.

Kürzlich fragte mich meine Tochter, was ich mir zu Weihnachten wünsche. Bescheiden wie ich bin, antwortete ich: „Hühneraugenpflaster und Hämorridensalbe". Sie war damit nicht einverstanden: „Och nee, Mutter, da braucht der Weihnachtsmann doch ein Rezept vom Hausarzt. Lass dir was anderes einfallen. Aber mir fiel nichts ein, jedenfalls nichts, was mir der Weihnachtsmann bringen kann, nämlich schmerzfreie Knie- und Hüftgelenke.

Heute am Heiligabend haben wir im weihnachtlich geschmückten Speisesaal ein hervorragendes Dreigänge-Menu serviert bekommen: geräucherter Lachs mit Spargel, Gänsebraten mit Rotkohl und Klößen, und Mousse au chocolat. Die Betreuerinnen waren alle zuckersüß und sanftmütig. Sie hatten uns zuvor das schüttere Haar gestylt, den Damenbart rasiert, pardon: epiliert, uns mit bewundernswerter Geduld in die für unsere steifen Knochen äußerst unpraktischen Festtagsroben geholfen, und uns das Feiertagsgeschmeide um den faltigen Hals gehängt. Das ganze Haus erstrahlte in Festbeleuchtung. Alle waren fröhlich und vergnügt. Bis auf die notorischen Miesmacher, die die Tischdekoration zu protzig, das Essen zu schwer verdaulich und überhaupt alles rundum misslich fanden.

Bereits am Nachmittag hatten wir uns alle im Speisesaal eingefunden und bei Kaffee und Kuchen gemeinsam Weihnachtslieder gesungen. Frau STD hatte uns auf dem Klavier begleitet. Zwei Bewohnerinnen trugen Weihnachtsgedichte vor, ein lustiges und ein besinnliches. Die Mitarbeiter des Hauses kümmerten sich rührend um jeden, der Hilfe benötigte, sei es beim Essen, Trinken, Rollstuhlfahren oder einfach nur Händchenhalten, wenn jemand von seiner weihnachtlichen Ergriffenheit überwältigt wurde. Und mir schien, alle Zuwendung, Freundlichkeit und Geduld der Betreuer hatte an diesem Heiligen Abend nichts Professionelles mehr, sie war echt und kam von Herzen. Die weihnachtliche Botschaft hatte von allen Besitz ergriffen. Zum Schluss sangen wir alle gemeinsam Stille Nacht. Es war zum Weinen schön, eine Weihnachtsfeier wie aus dem Bilderbuch. Ich hoffe, dass ich noch einige davon hier im Haus miterleben kann. Schade, dass nicht jeden Tag Weihnachten sein kann.

Und an einem so wunderschönen christlichen Feiertag sagte ich mir in edler Selbsterkenntnis, dass ich in mich gehen und nicht immer so kritisch über die Unzulänglichkeiten der Christenlehre lamentieren sollte. Asche auf mein Haupt! Ich will mich bessern. Heute bin ich einfach nur froh, zur Gemeinschaft der Christen zu gehören mit all ihrem Brimborium. Die Advents- und Weihnachtszeit möchte ich auf keinen Fall missen. Sie macht das Herz auf, weit auf.

Am nächsten Morgen kamen meine Tochter und mein Schwiegersohn, um mich abzuholen zur nächsten Gänsebratenparty in ihrem schönen Heim. Ja, sie haben es zu etwas gebracht, haben zwei liebreizende Kinder, ein hübsches Eigenheim, gutbezahlte Jobs. Die brauchen sie auch, um all den hübschen luxuriösen Tand, der sie umgibt, zu bezahlen, sowie die exklusiven Urlaubsreisen, eine teure Privatschule, Kinderfrau, Ballett-, Klavier-, Geigen-, und Reitstunden für die Kinder. Natürlich auch eine Putzfee, die ihnen wöchentlich die Bude auf Hochglanz poliert, und einen Gärtner für den parkähnlichen Garten. In meiner schlichten Vorstellung bringt dieser ausufernde Wohlstand eine neue Feudalgesellschaft hervor. Die Schlauen halten Hof, die weniger Schlauen gehen putzen. Werden diese verwöhnten und gepamperten Kinder in der Lage sein, Solidarität mit Schwächeren, Bescheidenheit, Zurückstecken der eigenen Wünsche zu lernen? Überhaupt einen Blick für die Benachteiligten der Gesellschaft zu entwickeln? Ich hoffe es sehr, meine lieben Enkel und Urenkel und vertraue auf das kluge pädagogische Geschick eurer Eltern.

Als ich ein Kind war, definierte sich eine Familie über den Beruf des Vaters. Ganz oben auf der Skala stand der Arztberuf, gefolgt vom Rechtsanwalt, Hochschulprofessor oder General. Der Standesdünkel wurde von den Gattinnen hochgehalten und gehätschelt. Ganz gleich, ob der Herr Doktor ein Hallodri und der Herr General ein Schinderhannes war.

Meine Tochter kommt aus eindeutig bescheideneren Verhältnissen, hat sich aber gut, gerne und bequem in dem Luxus eingerichtet. Sie hat eine gut dotierte Stellung in der IT-Branche. Keine Ahnung, was sie da macht. Wenn sie von ihrem Beruf spricht, wirft sie mit so vielen englischen Fachausdrücken um sich, dass ich kein Wort verstehe, aber ich erzähle gern und überall von ihrem Aufstieg, wie sie sich mit Fleiß und Durchhaltevermögen durch ihr Studium gerackert und bis in die Chefetage (sie nennt es mittleres Management) hochgeboxt hat. Ich habe ihr gesagt, dass sie stolz darauf sein kann, was sie mit ihrer eiserner Disziplin und ihrer optimistischen Schubkraft erreicht hat. Für diejenigen, die mit dem sprichwörtlichen goldenen Löffel im Mund geboren wurden, ist es keine Kunst, Schule und Studium erfolgreich zu durchlaufen, sie bekommen ja überall, wo es hapert, jeglichen erforderlichen Nachhilfeunterricht und jede erdenkliche finanzielle Unterstützung. Wer trotz widriger Umstände sein Leben meistert und obendrein moralische Grundsätze beherzigt, verdient Respekt und gehört nach meinem Dafürhalten zur Elite einer Gesellschaft. Geld allein macht keinen Edelmann. Auf die Herzensbildung kommt es an.

Da fällt mir eine Begebenheit ein, die viele Jahre zurückliegt. Mein finanziell gut gestellter Bruder wollte mir eine teure Markenhandtasche zum Geburtstag schenken. Vor dem noblen Lederwarengeschäft suchten wir vergeblich einen Parkplatz. Mein Bruder sagte zu mir: „Geh schon mal vor und such dir eine Tasche aus, ich komme gleich nach, wenn ich einen Parkplatz gefunden habe." Als ich im Geschäft die Regale mit den teuersten Taschen ansteuerte, wurde ich von der Verkäuferin auf die billigere Ware im Sonderangebot hingewiesen. Aufgrund meiner legeren Aufmachung (Aldi-Anorak und Stoffumhängetasche) degradierte sie mich ganz offensichtlich in die Schublade *wenig zahlungskräftige Kundin*. Kurz darauf betrat mein Bruder, anscheinend Stammkunde des Ladens, das Geschäft und fragte mich, ob ich schon etwas Passendes gefunden hätte. Sofort schlug das Verhalten der hochnäsigen Verkäuferin in devote Unterwürfigkeit um. „Herr Direktor, womit kann ich Ihnen dienen?" Ich sagte laut und vernehmlich zu meinem Bruder, dem Herrn Direktor einer siebenundzwanzigköpfigen Bekleidungsfirma für Kittelschützen: „Mann o Mann, Bruderherz, du wirst ja hier ganz schön hofiert mit deiner gut gedeckten Kreditkarte. Bei finanziell schwächelnder Kundschaft gibt´s nicht so viel Zuvorkommenheit."
Warum hätte ich mich genieren sollen, arm zu sein? Armut ist keine Schande und nach dem Überschreiten des Dispokreditlimits ist einem sowieso nichts mehr peinlich, weder vor den Bankangestellten noch vor einem selbst.

Zu der Lederwarenverkäuferin wäre noch anzumerken, dass ich sie etliche Jahre später als Kassiererin beim Discounter wiedersah.

Komme gerade vom Mittagessen. Es war wenig erfreulich, nicht wegen des Essens, das war ausgesprochen lecker. Aber mir ist der Appetit vergangen, als die kleine Käthe Kruse (Pseudonym) mit dem Puppengesicht wieder mal energisch von Pflegerin Erika mit Essen gestopft wurde. Käthchen weigerte sich beharrlich, mehr als drei kleine Bissen runterzuwürgen, presste fest die Lippen aufeinander. Der Pflegerin gelang es nur mit vielem Bitten und geduldigem Zureden, Käthchen etwas einzuflößen, aber diese machte auf bockig und schlug um sich, sobald sich ein Löffel ihrem Gesicht oder Mund näherte. Sie schien sich regelrecht bedroht zu fühlen von dem unerbittlich auf sie zusteuernden Löffel und schrie schließlich: „Hilfe! Hilfe! Neiiii!" Sie tat mir leid. Die Erika auch. Ihre Geduld war zu Ende, als ihr eine Ladung püriertes Fleisch ins Gesicht flog, und man sah ihr an, dass sie dem armen Käthchen am liebsten eine Ohrfeige verpasst hätte. Tat sie natürlich nicht, sondern beschränkte sich auf lautstarkes Schimpfen. Alle am Tisch hörten auf zu essen und schauten wortlos dem ungleichen Kampf zu. „Ich muss schließlich dafür sorgen, dass sie nicht verhungert", rechtfertigte sich Erika uns gegenüber, den brav bemühten Selbstessern.

Ich dachte nur, wenn ich jemals dieses unwürdige Stadium erreichen sollte, werde ich um mich schlagen und spucken, bis sie mich in Frieden verhungern lassen. Aber klar, dürfen sie ja nicht. Die Pflegerinnen und Pfleger sind dazu verpflichtet, über die tägliche Kalorien- und die Flüssigkeitsaufnahme ihrer Pfleglinge Buch zu führen. Egal wie viele Kalorien bei jeder Mahlzeit verkleckert oder verschüttet unter dem Tisch landen. Das Pflegepersonal stöhnt oftmals über diese zeitraubende Krankenakten-Dokumentation, die von ihnen als nutzlose Zusatzbelastung empfunden wird.

Es ist so bedrückend mit anzusehen, wie ein Mensch immer hilfloser wird, nicht mehr ohne fremde Hilfe essen kann, nicht mehr allein nach Hause findet, Ausscheidungen nicht mehr kontrollieren kann, sich nicht mehr artikulieren kann, außer durch Schreien, hilflos ist wie ein Baby. Aber Babys sind darüber nicht verzweifelt wie unsereins.

Wenn ich eines Tages in diesem Stadium landen sollte, werde ich dann mein Schicksal annehmen können, werde ich den Mut haben, meine gehorteten Schlaftabletten zu schlucken, werde ich überhaupt das Versteck noch wiederfinden?

Ich sitze in meinem Zimmer im Sessel mit Blick in den Garten und schaue schon eine geschlagene Stunde nach draußen in den Regen. An solch trüben Tagen denke ich viel über das Sterben nach. Gedanken an meine erste Backfischliebe bröckeln hervor, ein lebenslustiger Bursche von neunzehn jungen Jahren, der im Krieg bei Stalingrad gefallen ist, elendig verreckt. Ganz allein in Eiseskälte. Keine Hand, die ihn gehalten hat in seiner letzten Stunde. Plötzlich kullerten mir die Tränen übers Gesicht über dieses längst verjährte Schicksal. Jeder braucht doch eine Hand, die ihn hält und streichelt, wenn er gehen muss. Das Gütigste wäre, Menschen an seiner Seite zu wissen, von denen man sich geliebt fühlt, bei denen man allerdings auch gern noch ein Weilchen verweilen würde bevor das große Amen kommt. Das macht das Loslassen dann wiederum schwerer.

Heute habe ich ganz nah am Wasser gebaut, möchte den ganzen Tag heulen, heulen, heulen. Seit zwei Wochen hat mich keiner meiner Kinder, Enkel, Verwandten oder Freunde besucht. Wahrscheinlich ist ihnen dieses irdische Jammertal hier im Heim abgrundtief lästig, wenn wir unentwegt Heldentaten aus unserer Jugendzeit zum Besten geben, ständig über Erlebnisse aus grauer Vorzeit plaudern. Da verdrehen auch meine Kinder und Enkel schon mal genervt die Augen, sind manchmal peinlich berührt über das kindische Gebaren von uns Alten. Aber, ihr jungen Naseweise, wir Alten haben ja sonst nichts mehr, womit wir uns brüsten könnten, so wie ihr mit euren beruflichen Heldentaten, euren sportlichen Leistungen, euren tüchtigen Nachkommen. Womit können wir denn noch aufwarten? Mit unseren diversen Zipperlein, Erlebnissen bei Arztbesuchen oder die Kauzigkeit der spinnerten Leidensgenossen. Über die eigene leichte Kränkbarkeit mag ich gar nicht reden. Man wird dünnhäutiger mit dem Alter oder bockig. Leichte Kränkbarkeit, so las ich kürzlich in einem Artikel einer Psychozeitschrift, resultiere aus seelischen Verletzungen, die eine Störung des Selbstwertgefühls verursacht haben, und somit eine Störung der Kränkungsverarbeitung. Wer gedemütigt, abgelehnt oder lächerlich gemacht wird, fühle sich beschämt, und aus dieser Beschämung entstehe häufig Wut.

Ach, das ist mir alles zu wissenschaftlich. Kurz und knapp mit meinen Worten: Wer die beleidigte Leberwurst spielt, dem fehlt ein gesundes Selbstvertrauen. Wer sich in die Enge getrieben fühlt in seinen existenziellen Bedürfnissen nach Sicherheit und Anerkennung, sei es in der Familie, in seinen eigenen vier Wänden, am Arbeitsplatz, in einem fremden Land, reagiert je nach individueller Frustrationstoleranz (hat er ein dickes oder ein eher dünnes Fell?) oftmals überzogen und absurd. Da habe ich mich schon häufig gefragt, wieso schaffen es die einen, an einem großen Leid nicht zu zerbrechen, nicht in Verbitterung und Bösartigkeit abzudriften, und andere wiederum werden zu Monstern? Was hat die Glückspilze davor bewahrt, nicht gewalttätig, depressiv, missgünstig zu werden, und was fehlte den Unglücksraben?

Die eigene Aufwertung wird durch die Abwertung anderer erreicht, sagt der Gewaltforscher Wilhelm Heitmeyer in meinem schlauen Psycho-Heft.

Ich habe da noch so einige bedeutungsvolle Zitate in meinem Köcher: Habe nämlich ein Faible für diese großartige Kunst, die mit knappen, treffenden Worten einen ganzen Lebensbereich definiert. Zum Beispiel der Spruch von Friedrich Fröbel: „Erziehung ist Beispiel und Liebe, sonst nichts." Trifft ins Schwarze. Eltern sind Glücksache. Oder die Deklaration der Rechte der Kinder von den Vereinten Nationen vom 20. November 1959: „Die Menschheit schuldet dem Kind das Beste, das sie zu geben hat." Schön wär's, wenn die Menschheit das hinbekäme, auf dem gesamten Globus.

Die Kinder heutzutage haben ein großes Mitspracherecht, das habe ich oft bei meinen Enkelkindern erlebt. Sie werden gefragt, welchen Brotbelag sie gern hätten, welche Strümpfchen sie zu tragen wünschen, ob sie ein Äpfelchen, einen Pfirsich oder doch lieber Erdbeeren in den Kindergarten mitnehmen möchten. Aber sie werden nicht gefragt, ob sie womöglich traurig oder unglücklich sind, wenn sie sich bereits im Alter von noch nicht mal einem Jahr den ganzen Tag über von Mama und Papa trennen müssen. Sie lernen sehr früh, Trennungen hinzunehmen, alle Tränen, alles Geschrei nützen nichts. Was sie lernen, ist, dass man viele Tröstepüppchen, Kummerfresser und Sorgenschlucker mit auf den Weg in die Kita bekommt, damit man ganz tapfer wird. Ach, mein kleines Urenkel-Baby, deine alte Uroma hat es bis heute nicht gelernt, tapfer Trennungen und Verluste zu ertragen und möchte an manchen Tagen einfach nur unausstehlich sein, rumzicken und allen Kummer rausschreien. So wie du, Baby! Aber dann krieg ich eins auf die Schnute, professionell-freundlich. So wie du, Baby: Schnuller in die Schnute.

Das darf ich jetzt aber nicht deine Mama und deinen Papa lesen oder hören lassen. Dann rollen sie nur mitleidig die Augen über meine vorsintflutlichen Erziehungsvorstellungen. Aber so völlig falsch kann ich mit meinen pädagogischen Fähigkeiten nicht gelegen haben, sonst wären aus meiner Brut nicht solche im Großen und Ganzen doch recht erfreuliche Erwachsene geworden. Kinder, ihr hättet es schlimmer treffen können!

Ich habe in meinem Leben als ehrenamtliche Helferin im Kinderheim in viele Problem-Familien schauen können mit Alkohol- und Drogenproblemen der Eltern oder mit Erziehungsmethoden, die kleine Kinder zu schreienden Monstern machen. Aber selbst wenn Kinder von den Eltern übel misshandelt werden, betreiben sie keine Nestbeschmutzung. Oft wiegeln sie ab, wenn ein Aussenstehender ihnen helfen will und die desaströsen Zustände in ihrem Elternhaus anprangert. Dann ziehen sie abrupt den Stecker, weil für sie nicht sein kann, was nicht sein darf.

Okay, für heute habe ich meinen Blues überwunden und werde mich wieder solch profanen Dingen wie Kartenspielen, Kuchenessen und Kreuzworträtseln zuwenden (die drei Ks im Altersheim; bei dem einen oder anderen kommt noch ein viertes hinzu: K wie Kirche).

Ich werde demnächst mal wieder an der Politikrunde mit Frau STD teilnehmen. Dann picken wir uns stets einige aktuelle politische Themen aus der Tageszeitung heraus, über die wir diskutieren, meist sehr weitschweifig. Die Mitglieder des Heimbeirats bekamen den Auftrag, bei den Bewohnern anzufragen, ob sie für die anstehende Landtagswahl Hilfestellung bei der Briefwahl wünschen. Den politisch Desinteressierten werde ich ein bisschen auf die Sprünge helfen müssen und ihnen ihr Wahlrecht als einen demokratischen Segen, sozusagen eine göttliche Gnade, anpreisen.

Gestern hatte ich endlich mal wieder Besuch von meiner Familie. Mein Sohn kam mit meinen Enkelkindern. Die haben Leben ins Haus gebracht, auf dem Klavier im Salonzimmer rumgeklimpert, in meinem Zimmer Sessel und Stehlampe umgestellt, damit ich beim Lesen mehr Licht bekäme, meinen CD-Player auf Schwerhörigenstärke aufgedreht. Witwe Bolte (Pseudonym) vom anderen Ende des Flurs wurde von dem Lärm angelockt, ihr schien´s zu gefallen. Sie strahlte stumm und ganz verzückt die 13-jährige Marie an. Das wirkte auf Marie etwas befremdlich, denn Witwe Bolte hatte mal wieder ihr Gebiss nicht finden können.

Bei den Gesprächen mit meinen Enkelkindern muss ich immer höllisch aufpassen, was sie meinen mit ihren vielen eingedeutschten Anglizismen. Selbst mein einst recht fließendes Englisch kommt da nicht mehr mit bei Vokabeln wie grooven, chillen, Hype, Glam Girl, Trash, Nerd, Must-Haves.

Mein Greisen-Deutsch verstehen sie natürlich auch nur noch lückenhaft. Das Wort kujonieren hatten sie noch nie gehört, oder auch desavouieren. Und Überseekoffer, Trottoir, Fernschreiber, Billett, Registrierkasse, Stellmacher sind alles Wörter aus einer anderen Zeit.

Zum Abschied gibt mein Sohn mir stets den gutgemeinten, aber etwas unsensiblen Rat: „Mach nichts kaputt und lass dir nichts gefallen!" Der hat gut reden mit zitterfreien Händen und großer, frecher Klappe!

Herminchen (Pseudonym), meine treue Kameradin auf meinen allmorgendlichen Spaziergängen durch den Garten, fragt mich mindestens dreimal täglich, welchen Wochentag wir haben. Ich wünschte, ich wüsste es immer gleich auf Anhieb. Nachdem ich bemerkt habe, dass der Freitag anscheinend ihr Lieblingstag ist, antworte ich jetzt immer: „Schon wieder Freitag, Hermine!" Und dann strahlt sie über das ganze Gesicht. Sie ist überhaupt ein richtiges Strahlemädchen, immer freundlich, nie gehässig, meistens gut drauf. Herminchen und das witzige Golden Girl (Pseudonym; sie heißt mit richtigem Namen Elfriede, aber der passt so gar nicht zu diesem begnadeten Spaßvogel) sind mir von allen Bewohnern meiner Etage die liebsten. Vielleicht harmoniert unsere Dreiecksbeziehung so gut, weil wir uns gern und oft gegenseitig anspornen, die Tragödien des Alters mit harmlosen Späßen wegzulachen. Die Chemie zwischen uns stimmt. Hätten wir uns bereits in früheren Jahren kennen gelernt, garantiert wären wir da schon dicke Freundinnen geworden.

Seit Wochen habe ich nicht mehr an meinem Gedankentanz geschrieben. Meine fortschreitenden körperlichen Gebrechen erdrücken alle Interessen. Wenn alle Gedanken nur noch den nicht mehr gehorchenden Hand- und Beinbewegungen, der rapide nachlassenden Sehkraft und den häufigen Schwindelanfällen gelten, schrumpft alles Denken und Fühlen auf die eigene Befindlichkeit zusammen, bleibt keine Energie mehr für die Belange des Umfeldes. Das Gelingen des Schnürsenkelbindens und eine funktionierende Verdauung verhelfen dann bereits zu kleinen Glücksmomenten. Und wenn es mit den Sterbefällen mal wieder Schlag auf Schlag geht, dann spürt man fröstelnd den Hauch des Todes durchs Heim wabern. Wann bin ich an der Reihe? Will ich doch gar nicht wissen.

Manchmal frage ich mich, ob ich eine Episode meines Lebens wohl gern noch einmal erleben möchte. Welches war die beste Zeit in meinem langen Leben? Meine unbeschwerte Kindheit, die Zeit der ersten Liebe, die Geburt meiner Kinder? Die grenzenlose Erleichterung, als endlich der verdammte Krieg vorbei war? Nach der Flucht aus der Ostzone endlich in Sicherheit und Freiheit zu leben, in einer Demokratie mit Meinungsfreiheit, mit Zuversicht einen Neuanfang gewagt und den Kindern eine Zukunft in einem freien Land ermöglicht zu haben, das machte mich glücklich und zufrieden. Und ich war stolz auf mich, alle Hürden in meinem Lebenshindernislauf genommen zu haben, zwar nicht als erster Sieger, aber die Ziellinie hatte ich stets erreicht.

Ein schönes Zitat von dem Lyriker Richard Dehmel will ich in meinem Geschreibsel noch festhalten für meine Kinder, Enkel und Urenkel: „Ein bisschen Güte von Mensch zu Mensch ist besser als alle Liebe zur Menschheit".

Will uns sagen, dass wir mit all den Spezis, die uns im Laufe des Lebens vom Schicksal zugewürfelt werden, pfleglich und wohlwollend umgehen sollten. Angefangen bei den Eltern, Kindern, Geschwistern, Großeltern, Partnern, Freunden, Kollegen, bis hin zum Postboten und zur Putzfrau.

Und die Zarah Leander sang dereinst in meiner Jugendzeit so schön: „Einer muss da sein, für den man lebt, einer muss da sein, für den man strebt, einer muss da sein, der zu dir steht, der nie im Leben nie von dir geht."

Das singt sich leicht, aber die raue Wirklichkeit funkt gern knallhart dazwischen.

Mein Enkel hat mir erzählt, er wolle mal versuchen, einen Monat lang seinen Lebensunterhalt mit zweihundert Euro zu bestreiten. Er wolle einfach mal die Erfahrung machen, wie sich Hartz-IV anfühlt. Ich wollte schon mit ihm schimpfen, dass er sich gefälligst nicht über arme Menschen lustig machen solle, da meinte er: „Aber ich mach mich doch überhaupt nicht lustig, ich will es einfach mal am eigenen Leib ausprobieren."

„Um anschließend zu tönen, dass man mit dem Geld ganz gut über die Runden kommt?", fragte ich mit aggressivem Unterton. „Wenn du nach vier Wochen wieder an den prall gefüllten Vorrats- und Kleiderschrank und in den Weinkeller zurückkehren kannst, ist das wahrlich kein Kunststück, du Witzbold!".

Diese Wohlstands-Kids kommen mir so übersättigt vor, dass sie aus lauter Langeweile mal den armen Mann mimen wollen. Ich konnte nur den Kopf schütteln über diese treuherzige Dreistigkeit.

Die Ängstlichkeit nimmt angeblich im Alter zu, meine zeigt zunehmend pathologische Züge. Ich habe Angst, nicht pünktlich zum Speisesaal zu kommen, weil der Aufzug so lange auf sich warten lässt, bin aufgeregt vor jeder Busfahrt mit meinem Rollator, werde nervös, weil ich womöglich an der falschen Haltestelle aussteige, fürchte, dass mir ein Bösewicht meine Handtasche klaut, dass die Bremsen meines Rollators nicht mehr funktionieren könnten. Und täglich gesellen sich neue Befürchtungen hinzu. Ich ertappe mich immer öfter dabei, wie ich diese Einschüchterungsversuche des Alters mit mürrischem Rumgenörgel und Gezicke zu übertünchen versuche. Hoffentlich artet das nicht in Altersstarrsinn und Boshaftigkeit aus. So wie bei Herrn Piesepampel von der 5. Etage. Der reagiert seinen ganzen Frust mit Vorwürfen, gehässigen und kritischen Äußerungen gegen alles und jedermann ab. Der Kerl steckt voller Aggressionen. Ich möchte nicht wissen, wie er die früher als noch rüstiges Mannsbild abreagiert hat. Vermutlich nicht nur verbal wie hier und jetzt. So viel Boshaftigkeit kann sich doch nicht allein aufgrund des Alters herausbilden, die war bei dem Grantler bestimmt schon immer latent vorhanden. Das tragische mit diesen notorischen Querulanten ist ja, dass sie auch die Menschen in ihrem Dunstkreis zur Verzweiflung bringen mit ihren ausgesäten Aggressionen, mitunter über Generationen hinweg, und somit neue verquere Typen heranbilden. Ich frage mich, wie die Betreuer es aushalten mit solch anstrengendem Klientel, ohne die Beherrschung zu verlieren. Umso mehr werden sie uns harmlose Quengler zu schätzen wissen. Verglichen mit Piesepampel sind wir ja die reinsten Waisenknaben. Das tut richtig gut, sich als etwas Besseres zu fühlen, so kann sich das eigene kleine Glück am Unglück anderer hochranken.

Heute las ich in der Tageszeitung wieder etwas über das geplante Betreuungsgeld für Mütter, die ihre Kinder nicht in den Kindergarten schicken. Die Vorstellung, dass Mütter Geld vom Staat bekommen, damit sie sich zu Hause um ihre Kinder kümmern, wäre meiner Generation geradezu abwegig vorgekommen. Diejenigen Mütter, die sich abstrampeln, um Kindererziehung und Beruf unter einen Hut zu bekommen, hätten erst mal einen Bonus verdient, zum Beispiel bei der späteren Rente. Allein morgens alle pünktlich mit Frühstücksbroten, Kuscheltier, Turnbeutel aus dem Haus zu dirigieren und selbst pünktlich am Arbeitsplatz zu erscheinen, erfordert perfektes Management und oft engelsgleiche Geduld. Weiß ich aus eigener Erfahrung. Nach dem Kindergartenbesuch betreuen doch auch die berufstätigen Eltern ihre Kinder noch zu Hause. Gibt`s dann dafür demnächst auch noch Geld vom Staat? Der beste Kindergarten kann zwar nicht alle Defizite eines schlechten Elternhauses ausbügeln, wie auch der schlechteste Kindergarten niemals ein gutes Elternhaus aushebeln kann, aber das Miteinander in der Gruppe lernen Kinder nun mal am besten unter Gleichaltrigen.

Von meinen sechs Enkeln sind die einen Mathe-Genies, die anderen Technik-Freaks und Finanzexperten. Am meisten verblüffen mich aber die zwei mit der sogenannten emotionalen Intelligenz, ich nenne es Einfühlungsvermögen. Sie haben sich beide für einen Beruf im Dienst am Mitmenschen entschieden: Erzieherin und Sozialpädagoge. Es braucht nicht viel Fantasie zu erahnen, dass sie diejenigen sind, die am schlechtesten bezahlt werden.

Meine jüngste Enkelin besucht eine teure Privatschule. In meinem Hinterkopf hält sich hartnäckig die Vorstellung, dass Privat- und Eliteschulen das Kastendenken fördern. Die Vielschichtigkeit einer öffentlichen Schule, die auch von Krethi und Plethi besucht wird, bleibt ihnen vermutlich verborgen.

Das sei purer Blödsinn, wurde ich von meiner Tochter und meinem Schwiegersohn belehrt. Da predigen sie mir ständig, ich solle nicht aufhören, mich für meine Mitmenschen und das Weltgeschehen zu interessieren und mich einzumischen, und wenn ich dann meine Meinung äußere, werde ich als altmodisch abgekanzelt. Ach, macht doch, was ihr wollt. Da unterhalte ich mich doch lieber mit meinem Spezi Hermann, der gibt mir meistens Recht, vielleicht damit er seine Ruhe vor mir hat.

Seit Tagen schlägt mir und meinen Leidensgenossinnen und anscheinend auch dem Pflegepersonal das trübe Regenwetter aufs Gemüt. Ein Tiefdruckgebiet nach dem anderen vermasselt uns die Laune und das Wohlbefinden. Nicht mal meine Lieblingspflegerin hat sich heute um mein mürrisches Gequengel geschert, sie hatte genug damit zu tun, ihre eigene schlechte

Laune unter Kontrolle zu halten. Zudem sind zwei Hilfskräfte erkrankt, so dass sie enorm unter Druck stand bei der Pflege.

Ich frage mich, wie soll das bloß werden, wenn es in Zukunft immer mehr pflegebedürftige alte Menschen gibt und immer weniger junge Leute, die bereit sind, diese aufreibende Arbeit zu tun? Und die Zahl der Ehrenamtler wird vermutlich auch drastisch schrumpfen, wenn all die zukünftigen verarmten Rentner sich etwas zu ihrer mickrigen Rente hinzuverdienen müssen anstatt sich unbezahlter Nächstenliebe zu befleißigen.

Vielleicht gibt es dann irgendwann Pflegeroboter, die jeder Pflegebedürftige per Knopfdruck vom Bett aus dirigieren kann. Zum Aufstehen aus dem Bett senkt sich ein Haltegriff von der Decke herab, an dem sich der Patient in Sitzposition hochzieht. Sodann wird der ferngesteuerte Rollstuhl bis an die Bettkante gerollt, zwei Roboterschaufeln heben den Patienten hoch und schwenken ihn millimetergenau auf den Rollstuhlsitz. Eine freundliche Computerstimme befiehlt: „Beine strecken, Zehen nach oben", und schwupp, schon sind die Hausschuhe angezogen. Im Badezimmer geht es weiter mit der High-Tech-Altenpflege. Zum Schluss der Morgentoilette gibt es dann zwei Streicheleinheiten von samtweich gepolsterten Roboterhänden über den Kopf, der vorher natürlich per Anweisung in die richtige Stellung gebracht werden muss, damit der Roboter nicht ins Leere greift. Na ja, zumindest gibt so ein Eiserner Heinrich keine Widerworte oder anmaßende Zurechtweisungen, mit denen er jemanden verbal verletzen könnte. Das ist so ähnlich wie bei Naturkatastrophen. Wenn den Menschen von den Naturgewalten Leid zugefügt wird, läuft das unter „Schicksal" oder

„göttlicher Fügung", der Natur schwört man keine Rache. Menschen, die einen verletzt haben, aber schon.

Ich hoffe, mein Horrorszenario der maschinellen Altenpflege wird nie Wirklichkeit werden. Eine weitaus erbaulichere Vision wäre doch eine Arbeitswelt, in der den Mitarbeitern Wertschätzung entgegengebracht wird für ihre Arbeit, auch wenn jeder individuell unterschiedliche Leistungen erbringt, in der alle freundlich miteinander umgehen, keiner zur Sau gemacht wird, wenn mal etwas schief geht, wo Mobbing absolut tabu ist. Und um mein Märchenland perfekt zu machen, bedanken sich die Chefs und Chefinnen nach jedem Arbeitstag bei ihren Mitarbeitern für deren Tagewerk. Schöne neue Welt! Ich werde sie nicht mehr erleben, aber ihr, meine lieben Kinder, Enkel und Urenkel, lasst euch nicht weismachen, dass dies Hirngespinste einer alten Frau seien. Lasst nicht locker, an diese schöne neue Welt zu glauben und daran mitzufeilen. Und wenn ihr mich dann auf dem Friedhof besuchen kommt, dann erinnert euch an das Credo eurer alten Mama, Oma, Uroma:

Man kann ohne Liebe Holz hacken, Ziegel formen, Eisen schmieden. Aber mit Menschen kann man nicht ohne Liebe umgehen.
(Lew Tolstoi)

P.S.: Und vergesst nicht meine Gold-zääh-ne!